16	3	2	13
5	10	11	8
9	6	7	12
4	15	14	1

Ésquilo

SETE CONTRA TEBAS

Edição bilíngue
Tradução, posfácio e notas de Trajano Vieira
Ensaio de Alan H. Sommerstein

editora■34

EDITORA 34

Editora 34 Ltda.
Rua Hungria, 592 Jardim Europa CEP 01455-000
São Paulo - SP Brasil Tel/Fax (11) 3811-6777 www.editora34.com.br

Copyright © Editora 34 Ltda., 2018
Tradução, posfácio e notas © Trajano Vieira, 2018
"The Theban Plays" © Alan H. Sommerstein, 2013
in *Aeschylean Tragedy*, Bristol Classical Press,
an imprint of Bloomsbury Publishing Plc

A FOTOCÓPIA DE QUALQUER FOLHA DESTE LIVRO É ILEGAL E CONFIGURA UMA
APROPRIAÇÃO INDEVIDA DOS DIREITOS INTELECTUAIS E PATRIMONIAIS DO AUTOR.

Título original:
Ἑπτὰ ἐπὶ Θήβας

Capa, projeto gráfico e editoração eletrônica:
Bracher & Malta Produção Gráfica

Revisão:
Cide Piquet, Alberto Martins

1ª Edição - 2018 (2ª Reimpressão - 2023)

CIP - Brasil. Catalogação-na-Fonte
(Sindicato Nacional dos Editores de Livros, RJ, Brasil)

E664s
Ésquilo, *c.* 525-456 a.C.
    Sete contra Tebas / Ésquilo; edição bilíngue; tradução, posfácio e notas de Trajano Vieira; ensaio de Alan H. Sommerstein — São Paulo: Editora 34, 2018 (1ª Edição).
152 p.

ISBN 978-85-7326-700-6

Texto bilíngue, português e grego

    1. Teatro grego (Tragédia). I. Vieira, Trajano. II. Sommerstein, Alan H. III. Título.

CDD - 882

SETE CONTRA TEBAS

Nota da tradutor...	7
Argumento	9
Τὰ τοῦ δράματος πρόσωπα...	10
Personagens do drama...	11
Ἑπτὰ ἐπὶ Θήβας...	12
Sete contra Tebas...	13
Posfácio do tradutor...	107
Métrica e critérios de tradução...................................	117
Sobre o autor	119
Sugestões bibliográficas..	121
Excertos da crítica..	123
"As peças tebanas de Ésquilo", Alan H. Sommerstein...	131
Sobre o tradutor...	149

Nota do tradutor

Atualmente há um certo consenso entre os especialistas quanto à cena final de *Sete contra Tebas* (vv. 1.005-78), que resultaria da interpolação de uma montagem posterior da obra, inspirada talvez na *Antígone* de Sófocles ou nas *Fenícias* de Eurípides. A discussão sobre essa questão remonta ao século XIX e se mantém viva ainda hoje. Ao leitor interessado no debate, indico dois autores que comentam diferentes interpretações do tema: R. D. Dawe[1] e D. J. Conacher.[2]

Atenho-me a dois argumentos que julgo centrais no debate: Ésquilo fala do fim da estirpe de Laio, conforme o oráculo apolíneo. A introdução das duas irmãs no final quebraria algo do impacto dramático decorrente desse vaticínio, de que o leitor é informado ao longo da peça, para não citar as duas outras tragédias perdidas que compunham a trilogia: *Laio* e *Édipo*. Outro ponto: o arauto anuncia a decisão da cidade de não permitir o enterro de Polinices. Antígone desconsidera a resolução, mas nada se diz sobre a punição decorrente desse ato que afronta a determinação da assembleia.

---

[1] "The End of *Seven Against Thebes*", *Classical Quarterly*, vol. 17, n° 1, 1967, pp. 16-28; "The End of *Seven Against Thebes* Yet Again", em R. D. Dawe, J. Diggle e P. E. Easterling (orgs.), *Dionysiaca: Nine Studies in Greek Poetry by Former Pupils Presented to Sir Denys Page on his Seventieth Birthday*, Cambridge, Cambridge University Library/Gerald Duckworth & Co., 1978, pp. 87-103.

[2] *Aeschylus: The Earlier Plays and Related Studies*, Toronto, University of Toronto Press, 1996, pp. 71-4.

Do mesmo modo, consideram-se suspeitos os versos 861-74, em que o coro alude a Antígone e Ismene. Ora, convencionalmente, é o coro que conduz os lamentos, e não duas personagens introduzidas abruptamente. Note-se que, se excluirmos esses versos, como propõem vários editores da obra, o coro desempenhará essa função tradicional, tanto antes quanto depois deles.

Argumento

A peça se passa em Tebas, na Beócia, uma das principais cidades-estado gregas ao lado de Atenas e Esparta, e é a terceira de uma tetralogia que inclui *Laio*, *Édipo* e a comédia *A Esfinge* (hoje perdidas) e que deu a vitória a Ésquilo nas Dionísias de 467 a.C. As quatro peças tratam da maldição que pairava sobre a dinastia dos Labdácidas, que governava Tebas, segundo a qual somente a morte de seus descendentes salvaria a cidade da destruição. De acordo com o mito, o rei Laio é aconselhado pelo oráculo a não ter prole com sua mulher Jocasta, pois o filho o mataria e se casaria com a mãe. Ao nascer Édipo, ele é afastado de Tebas para evitar a predição. Após tornar-se adulto, e sem saber quem eram seus pais, Édipo involuntariamente mata Laio, livra Tebas da ameaça da Esfinge e acaba se casando com Jocasta, com quem teria dois filhos e duas filhas, tornando-se rei de Tebas. Mais tarde, quando o casal descobre a verdade, Jocasta comete suicídio, e Édipo cega os próprios olhos, afasta-se da cidade e lança uma maldição sobre seus descendentes: eles lutariam até a morte para herdar o trono.

Seguindo o vaticínio, os dois filhos, Etéocles e Polinices, brigam após o exílio do pai, e, enquanto Etéocles assume o governo, seu irmão se retira para Argos. Polinices organiza então com o rei Adrasto um exército com outros seis grandes guerreiros argivos para atacar Tebas. *Sete contra Tebas* se inicia quando Etéocles, diante do cerco inimigo e da invasão iminente, dirige-se aos cidadãos para acalmá-los e organizar a defesa das muralhas da cidade.

Τὰ τοῦ δράματος πρόσωπα

ΕΤΕΟΚΛΗΣ
ΚΑΤΑΣΚΟΠΟΣ
ΧΟΡΟΣ
ΑΓΓΕΛΟΣ

ΚΗΡΥΞ
ΑΝΤΙΓΟΝΗ
ΙΣΜΗΝΗ

Personagens do drama

ETÉOCLES, rei de Tebas, filho de Édipo e Jocasta, irmão de Polinices
ESPIÃO
CORO das jovens de Tebas
MENSAGEIRO

ARAUTO
ANTÍGONE, irmã de Etéocles, Polinices e Ismene
ISMENE, irmã de Etéocles, Polinices e Antígone

Ἑπτὰ ἐπὶ Θήβας*

ΕΤΕΟΚΛΗΣ
Κάδμου πολῖται, χρὴ λέγειν τὰ καίρια,
ὅστις φυλάσσει πρᾶγος ἐν πρύμνῃ πόλεως
οἴακα νωμῶν, βλέφαρα μὴ κοιμῶν ὕπνῳ.
εἰ μὲν γὰρ εὖ πράξαιμεν, αἰτία θεοῦ·
εἰ δ' αὖθ', ὃ μὴ γένοιτο, συμφορὰ τύχοι, 5
Ἐτεοκλέης ἂν εἷς πολὺς κατὰ πτόλιν
ὑμνοῖθ' ὑπ' ἀστῶν φροιμίοις πολυρρόθοις
οἰμώγμασίν θ', ὧν Ζεὺς ἀλεξητήριος
ἐπώνυμος γένοιτο Καδμείων πόλει.
ὑμᾶς δὲ χρὴ νῦν, καὶ τὸν ἐλλείποντ' ἔτι 10
ἥβης ἀκμαίας καὶ τὸν ἔξηβον χρόνῳ,
βλαστημὸν ἀλδαίνοντα σώματος πολύν,
ὥραν τ' ἔχονθ' ἕκαστον ὥστε συμπρεπές,
πόλει τ' ἀρήγειν καὶ θεῶν ἐγχωρίων

---

* Texto grego estabelecido a partir de *Aeschylus*, organização de Herbert Weir Smyth, vol. 1, *Seven Against Thebes*, Cambridge, MA/Londres, Harvard University Press/William Heinemann, 1926; e *Aeschylus I: Persians, Seven Against Thebes, Suppliants, Prometheus Bound*, organização e tradução de Alan H. Sommerstein, Cambridge, MA/Londres, Harvard University Press, 2008 (Loeb Classical Library).

Sete contra Tebas

[Na cidade, dentro das muralhas, o rei Etéocles se dirige aos cidadãos tebanos]

ETÉOCLES
Moradores de Cadmo, quem tutela a ação
deve pronunciar *kairós*, momento azado,
na popa da cidade, norteando o leme
sem repousar as pálpebras no sono. Se
um bem logramos, deus é a causa, mas, se advier   5
o adverso, muito só Etéocles será
hineado em proêmios de multiclangor
e de agonia. Sê, Cronida, teu epônimo
aos cádmios: Defensor! Na quadra a si propícia,
não só de quem não maturou ainda o viço,   10
como do ex-moço, em quem aflora com o tempo
a energia, se requer empenho em prol
da pólis, dos altares de imortais locais
— jamais lhes faltem honrarias! — e dos filhos

βωμοῖσι, τιμὰς μὴ 'ξαλειφθῆναί ποτε,   15
τέκνοις τε, Γῇ τε μητρί, φιλτάτῃ τροφῷ·
ἡ γὰρ νέους ἕρποντας εὐμενεῖ πέδῳ,
ἅπαντα πανδοκοῦσα παιδείας ὄτλον,
ἐθρέψατ' οἰκητῆρας ἀσπιδηφόρους
πιστοὺς ὅπως γένοισθε πρὸς χρέος τόδε.   20
καὶ νῦν μὲν ἐς τόδ' ἦμαρ εὖ ῥέπει θεός·
χρόνον γὰρ ἤδη τόνδε πυργηρουμένοις
καλῶς τὰ πλείω πόλεμος ἐκ θεῶν κυρεῖ.
νῦν δ' ὡς ὁ μάντις φησίν, οἰωνῶν βοτήρ,
ἐν ὠσὶ νωμῶν καὶ φρεσίν, πυρὸς δίχα,   25
χρηστηρίους ὄρνιθας ἀψευδεῖ τέχνῃ —
οὗτος τοιῶνδε δεσπότης μαντευμάτων
λέγει μεγίστην προσβολὴν Ἀχαιίδα
νυκτηγορεῖσθαι κἀπιβουλεύσειν πόλει.
ἀλλ' ἔς τ' ἐπάλξεις καὶ πύλας πυργωμάτων   30
ὁρμᾶσθε πάντες, σοῦσθε σὺν παντευχίᾳ,
πληροῦτε θωρακεῖα, κἀπὶ σέλμασιν
πύργων στάθητε, καὶ πυλῶν ἐπ' ἐξόδοις
μίμνοντες εὖ θαρσεῖτε, μηδ' ἐπηλύδων
ταρβεῖτ' ἄγαν ὅμιλον· εὖ τελεῖ θεός.   35

σκοποὺς δὲ κἀγὼ καὶ κατοπτῆρας στρατοῦ
ἔπεμψα, τοὺς πέποιθα μὴ ματᾶν ὁδῷ·
καὶ τῶνδ' ἀκούσας οὔ τι μὴ ληφθῶ δόλῳ.

ΚΑΤΑΣΚΟΠΟΣ
Ἐτεόκλεες, φέριστε Καδμείων ἄναξ,
ἥκω σαφῆ τἀκεῖθεν ἐκ στρατοῦ φέρων·   40
αὐτὸς κατόπτης δ' εἴμ' ἐγὼ τῶν πραγμάτων.

e da nutriz, a mais benquista, Geia-mater, 15
pois quem vos acolheu, infantes serpeantes
em solo tão solícito? Quem aceitou
cuidar da vossa formação? Alimentou
os moradores porta-escudos para obter
retribuição à altura de tamanha dívida. 20
Até agora os deuses pendem para nós,
pois desde que a pressão nas torres teve início,
por causa deles, belamente, o mais das vezes,
a guerra nos favoreceu. Pastor de pássaros,
o vate proferiu sem fogo, fiel à técnica 25
jamais falseadora do presságio alado
e à mente. Mestre nesse augúrio, afirmou
que o ataque intenso dos aqueus contra a cidade
foi tema do debate na assembleia à noite.
Sem mais retardo, rumem à muralha e torres; 30
todos se apressem, pleniencouraçados! Homens
das ameias, postai-vos sobre as plataformas!
De prontidão nas portas de saída, nada
vos desanime! A horda de estrangeiros não
vos apavore! O deus, ao fim, nos seja alvíssaro! 35

   [Os cidadãos se encaminham para as muralhas]

Tomei a iniciativa de expedir espiões
contra o inimigo. Não amargam o malogro.
Evitarei ciladas com o que me informem.

   [Entra o espião vindo das hostes inimigas]

ESPIÃO
Etéocles, magno basileu dos cádmios, trago
notícias confiáveis do tropel. Eu mesmo 40
testemunhei pessoalmente suas manobras.

ἄνδρες γὰρ ἑπτά, θούριοι λοχαγέται,
ταυροσφαγοῦντες ἐς μελάνδετον σάκος
καὶ θιγγάνοντες χερσὶ ταυρείου φόνου,
Ἄρη τ', Ἐνυώ, καὶ φιλαίματον Φόβον 45
ὡρκωμότησαν ἢ πόλει κατασκαφὰς
θέντες λαπάξειν ἄστυ Καδμείων βίᾳ,
ἢ γῆν θανόντες τήνδε φυράσειν φόνῳ·
μνημεῖά θ' αὑτῶν τοῖς τεκοῦσιν ἐς δόμους
πρὸς ἅρμ' Ἀδράστου χερσὶν ἔστεφον, δάκρυ 50
λείβοντες, οἶκτος δ' οὔτις ἦν διὰ στόμα.
σιδηρόφρων γὰρ θυμὸς ἀνδρείᾳ φλέγων
ἔπνει, λεόντων ὣς Ἄρη δεδορκότων.
καὶ τῶνδε πύστις οὐκ ὄκνῳ χρονίζεται,
κληρουμένους δ' ἔλειπον, ὡς πάλῳ λαχὼν 55
ἕκαστος αὐτῶν πρὸς πύλας ἄγοι λόχον.
πρὸς ταῦτ' ἀρίστους ἄνδρας ἐκκρίτους πόλεως
πυλῶν ἐπ' ἐξόδοισι τάγευσαι τάχος·
ἐγγὺς γὰρ ἤδη πάνοπλος Ἀργείων στρατὸς
χωρεῖ, κονίει, πεδία δ' ἀργηστὴς ἀφρὸς 60
χραίνει σταλαγμοῖς ἱππικῶν ἐκ πλευμόνων.
σὺ δ' ὥστε ναὸς κεδνὸς οἰακοστρόφος
φράξαι πόλισμα, πρὶν καταιγίσαι πνοὰς
Ἄρεως — βοᾷ γὰρ κῦμα χερσαῖον στρατοῦ —
καὶ τῶνδε καιρὸν ὅστις ὤκιστος λαβέ· 65
κἀγὼ τὰ λοιπὰ πιστὸν ἡμεροσκόπον
ὀφθαλμὸν ἕξω, καὶ σαφηνείᾳ λόγου
εἰδὼς τὰ τῶν θύραθεν ἀβλαβὴς ἔσῃ.

ΕΤΕΟΚΛΗΣ
ὦ Ζεῦ τε καὶ Γῆ καὶ πολισσοῦχοι θεοί
Ἀρά τ' Ἐρινὺς πατρὸς ἡ μεγασθενής, 70

16

Hegêmones impetuosos, sete ao todo,
no bojo de um escudo negro imolaram
um touro e mergulharam no cruor as mãos.
Invocaram Pavor filossanguíneo e Ares:
ou imporiam saque violento à urbe,
aniquilando a cidadela, ou, sem vida,
deles fluiria o sangue, irrigando a terra.
Adorno dos mementos familiares já
sobre o carro de Adrasto, pranteavam todos,
mas sem lhes escapar da boca um só reclamo.
Ferrianimoso o coração ardente expira
hombridade, leões que dardejassem Ares.
A prova é que não tarda o que anuncio agora:
deixei-os sorteando as portas que o acaso
viesse a destinar a cada um. Só ases
escolhidos a dedo na cidade ocupem
as portas de saída imediatamente,
pois, bem armado, o exército argivo irrompe
em meio ao pó que turge e, gotejando, a baba
branca de palafréns que ofegam suja o campo.
Tal qual piloto hábil no timão da nave,
em prol da pólis, antes que o ressopro de Ares
a assalte — um vagalhão na terra, troa a tropa —,
retém nas mãos *kairós*, momento mais propício!
Mantenho sempre o olhar diurnovigilante,
e pela fala clara, ciente do que ocorre
porta afora, o revés não te surpreenderá.

[*O espião sai e Etéocles fica só*]

ETÉOCLES
Ó Zeus! Ó Terra! Ó deuses tutelares da urbe!
Magnipotente Erínia de meu pai, maldita

17

μή μοι πόλιν γε πρυμνόθεν πανώλεθρον
ἐκθαμνίσητε δῃάλωτον, Ἑλλάδος·
ἐλευθέραν δὲ γῆν τε καὶ Κάδμου πόλιν
ζυγοῖσι δουλίοισι μήποτε σχεθεῖν· 75
γένεσθε δ' ἀλκή. ξυνὰ δ' ἐλπίζω λέγειν·
πόλις γὰρ εὖ πράσσουσα δαίμονας τίει.

ΧΟΡΟΣ
θρέομαι φοβερὰ μεγάλ' ἄχη·
μεθεῖται στρατός στρατόπεδον λιπών·
ῥεῖ πολὺς ὅδε λεὼς πρόδρομος ἱππότας· 80
αἰθερία κόνις με πείθει φανεῖσ'
ἄναυδος σαφὴς ἔτυμος ἄγγελος.
†ἔτι δὲ γᾶς ἐμᾶς†
πεδί' ὁπλόκτυπ' ὠτὶ χρίμπτει βοάν·
ποτᾶται, βρέμει δ' ἀμαχέτου δίκαν 85
ὕδατος ὀροτύπου.
ἰὼ ἰὼ ἰὼ θεοὶ θεαί τ' ὀρόμενον
κακὸν ἀλεύσατε.
βοᾷ τειχέων ὕπερ ἀλεύσατε.
ὁ λεύκασπις ὄρνυται λαὸς εὐ- 90
τρεπὴς ἐπὶ πόλιν διώκων πόδα.
τίς ἄρα ῥύσεται, τίς ἄρ' ἐπαρκέσει
θεῶν ἢ θεᾶν;
πότερα δῆτ' ἐγὼ πάτρια ποτιπέσω 95
βρέτη δαιμόνων;
ἰὼ μάκαρες εὔεδροι,
ἀκμάζει βρετέων ἔχεσθαι· τί μέλ-
λομεν ἀγάστονοι;
ἀκούετ' ἢ οὐκ ἀκούετ' ἀσπίδων κτύπον; 100

Ara! Não desenraizeis minha cidade
plenidestruída, submetida aos gregos! Nunca
o jugo escravo imponha-se nas cercanias
e na cidade cádmia! Ambas são livres. Dai
guarida! Falo — espero — não por nós apenas,
pois, quando é próspera, a cidade honra os deuses.

[Etéocles sai para as muralhas. Entra o coro das jovens de Tebas, aterrorizadas com a ameaça de invasão da cidade]

CORO

Me faz tremer a dor atroz do meu pavor!
O tropel, como trota, atrás o acampamento!
Caudal é a imensa hoste que galopa.
O pó que arvora no ar me dobra,
núncio sem voz, translúcido e veraz.
O chão que o casco acossa envia-me o grito
que voa e soa como o incontornável
vórtice na escarpa.
Deuses e deusas, evitai o desembarque
da ruína já nas cercanias!
Clamores sobre os muros:
irrompe o escudo branco da massa
no avanço nítido contra a cidade.
Que deus ou deusa nos protege?
Que deus ou deusa os repele?
Prostro-me diante do estatuário
de numes ancestrais?
Ó aventurados, em sedes de esplendor!
Momento de abraçar as estátuas.
Fará sentido prolongar o pranto?
Ouvis ou não ouvis o gládio, como zune?
Senão agora, quando, em nossas litanias,

πέπλων καὶ στεφέων πότ' εἰ μὴ νῦν
ἀμφὶ λιτάν' ἕξομεν;
κτύπον δέδορκα· πάταγος οὐχ ἑνὸς δορός.
τί ῥέξεις; προδώσεις, παλαίχθων
Ἄρης, τὰν τεάν; 105
ἰὼ χρυσοπήληξ δαῖμον ἔπιδ' ἔπιδε πόλιν
ἄν ποτ' εὐφιλήταν ἔθου.

θεοὶ πολιάοχοι †πάντες ἴτε χθονὸς†,
ἴδετε παρθένων
ἱκέσιον λόχον δουλοσύνας ὕπερ. 110
κῦμα γὰρ περὶ πτόλιν δοχμολόφων ἀνδρῶν
καχλάζει πνοαῖς Ἄρεος ὀρόμενον. 115
ἀλλ', ὦ Ζεῦ πάτερ παντελές,
πάντως ἄρηξον δαΐων ἄλωσιν.
Ἀργεῖοι δὲ πόλισμα Κάδμου 120
κυκλοῦνται, φόβος δ' ἀρηίων ὅπλων
δονεῖ, διὰ δέ τοι γενύων ἱππίων
κινύρονται φόνον χαλινοί.
ἑπτὰ δ' ἀγάνορες πρέποντες στρατοῦ 125
δορυσσοῖς σαγαῖς πύλαις ἑβδόμαις
προσίστανται πάλῳ λαχόντες.

σύ τ', ὦ Διογενὲς φιλόμαχον κράτος,
ῥυσίπολις γενοῦ, 130
Παλλάς, ὅ θ' ἵππιος ποντομέδων ἄναξ
ἰχθυβόλῳ Ποσειδάων μαχανᾷ,
ἐπίλυσιν φόβων, ἐπίλυσιν δίδου. 135

com guirlandas e túnicas,
adornaremos deuses?
Diviso o estampido.
O trom não é de espada solitária.
Ares, qual há de ser tua atitude?
Atraiçoas o páramo de outrora, o teu? 105
Ó dâimon de elmo ouro, olha! Mira a pólis
cujo amor no passado te calava fundo.

[O coro canta e dança junto às estátuas dos deuses]

Urbiabarcantes deuses da região,
vinde todos!
Mirai as moças que se apinham para a súplica, 110
por temor à servitude.
Ao ressopro de Ares,
o vagalhão humano, elmos ondulantes,
regouga na rebentação e comprime a pólis. 115
Zeus pai, ó pleniconclusivo,
rejeita a capitulação da captura!
Argivos cercam a cidade cádmia. 120
Hoplitas amedrontam com o arsenal de guerra.
Freios nas mandíbulas dos cavalos
sussurram o soçobro.
Postados, quase, diante das sete portas,
rutilam sete líderes, lança em riste, 125
curvados ao ditame do sorteio.

Filha de Zeus, poder filobeligerante,
sê o bastião do burgo,
Palas!
Soberano do mar, senhor de equinos, 130
písceovitimador,

σύ τ', Ἄρης, φεῦ, φεῦ, πόλιν ἐπώνυμον
Κάδμου φύλαξον κήδεσαί τ' ἐναργῶς.
καὶ Κύπρις, ἅτ' εἶ γένους προμάτωρ,
ἄλευσον· σέθεν γὰρ ἐξ αἵματος
γεγόναμεν, λιταῖσί σε θεοκλύτοις
αὐτοῦσαι πελαζόμεσθα· 145
καὶ σύ, Λύκει' ἄναξ, Λύκειος γενοῦ
στρατῷ δαΐῳ στόνων ἀντίτας. σύ τ', ὦ Λατογένει-
α κούρα, τόξον εὐτυκάζου [Ἄρτεμι φίλα].

ἒ ἒ ἒ ἔ, 150
ὄτοβον ἁρμάτων ἀμφὶ πόλιν κλύω·
ὦ πότνι' Ἥρα.
ἔλακον ἀξόνων βριθομένων χνόαι.
Ἄρτεμι φίλα· [ἒ ἒ ἒ ἔ]
δοριτίνακτος αἰθὴρ δ' ἐπιμαίνεται. 155
τί πόλις ἄμμι πάσχει, τί γενήσεται;
ποῖ δ' ἔτι τέλος ἐπάγει θεός;

ἒ ἒ ἒ ἔ,
ἀκροβόλων δ' ἐπάλξεων λιθὰς ἔρχεται·
ὦ φίλ' Ἄπολλον· 160
κόναβος ἐν πύλαις χαλκοδέτων σακέων,
παῖ Διός, ὅθεν
πολεμόκραντον ἁγνὸν τέλος ἐν μάχᾳ.
σύ τε, μάκαιρ' ἄνασσ' Ὄγκα, πρὸ πόλεως
ἑπτάπυλον ἕδος ἐπιρρύου. 165

ἰὼ παναρκεῖς θεοί,
ἰὼ τέλειοι τέλειαί τε γᾶς
τᾶσδε πυργοφύλακες,

concede-nos alívio, alívio do medo!
Ares, ó Ares, guarda a pólis epônima de Cadmo! 135
Manifesta teu apreço!
E Cípris, máter primigênia de nossa estirpe, 140
acolhe-nos! Proviemos de teu sangue.
Com litanias avizinhamo-nos
num timbre agudo, audível ao divino.
Rei Lobo, sê lupino à hoste adversa! 145
Ártemis, arma o arco!

   [Lançam gritos de terror]

Ouço o estrépito ao redor da vila.
É do coche que acossa.
Ó Hera venerável!
Os pinos do eixo rangem sob o peso.
Ártemis adorada!
O ar enlouquece quando a lança brande. 155
O que se passa na cidade? O que há de se passar?
A qual desfecho o nume nos conduz?

Longiarrojadas pedras atingem as ameias.
Apelo, Apolo!
Clangor, nos pórticos, do arnês aêneo.
Filho de Zeus, 160
sacro desfecho guerridecisivo na batalha!
E tu, augusta Onca, em prol da pólis,
ampara a sede seteportas! 165

Deuses plenipotentes!
Perfazedores e perfazedoras,
turriguardiões das cercanias,

πόλιν δορίπονον μὴ προδῶθ'
ἑτεροφώνῳ στρατῷ. 170
κλύετε παρθένων κλύετε πανδίκως
χειροτόνους λιτάς.

ἰὼ φίλοι δαίμονες,
λυτήριοί τ' ἀμφιβάντες πόλιν, 175
δείξαθ' ὡς φιλοπόλεις,
μέλεσθέ θ' ἱερῶν δημίων,
μελόμενοι δ' ἀρήξατε·
φιλοθύτων δέ τοι πόλεος ὀργίων 180
μνήστορες ἐστέ μοι.

ΕΤΕΟΚΛΗΣ

ὑμᾶς ἐρωτῶ, θρέμματ' οὐκ ἀνασχετά,
ἦ ταῦτ' ἄριστα καὶ πόλει σωτήρια,
στρατῷ τε θάρσος τῷδε πυργηρουμένῳ,
βρέτη πεσούσας πρὸς πολισσούχων θεῶν 185
αὔειν, λακάζειν, σωφρόνων μισήματα;
μήτ' ἐν κακοῖσι μήτ' ἐν εὐεστοῖ φίλῃ
ξύνοικος εἴην τῷ γυναικείῳ γένει.
κρατοῦσα μὲν γὰρ οὐχ ὁμιλητὸν θράσος,
δείσασα δ' οἴκῳ καὶ πόλει πλέον κακόν. 190
καὶ νῦν πολίταις τάσδε διαδρόμους φυγὰς
θεῖσαι διερροθήσατ' ἄψυχον κάκην,
τὰ τῶν θύραθεν δ' ὡς ἄριστ' ὀφέλλεται,
αὐτοὶ δ' ὑπ' αὐτῶν ἔνδοθεν πορθούμεθα.
τοιαῦτά τἂν γυναιξὶ συνναίων ἔχοις. 195
κεἰ μή τις ἀρχῆς τῆς ἐμῆς ἀκούσεται,
ἀνὴρ γυνή τε χὤ τι τῶν μεταίχμιον,

não relegueis a urbe lanciamargurada
a um exército de fala forasteira! 170
Ouvi as virgens!
Ouvi as preces de quem prostra os braços!

Numes benquistos!
Num círculo libertador da pólis, 175
exibi vosso apreço!
Protegei os santuários das gentes!
Protegei e defendei!
Rememorai a solicitude da urbe
nos ritos de sacrifício!
É esse, eis o meu pedido. 180

   [Etéocles retorna]

ETÉOCLES
Indago a vós, intoleráveis criaturas,
se para a cidadela é o melhor, se a salva,
se anima nossa tropa turriassediada,
prostrar-se diante das imagens das deidades
tutelares, grunhir, grasnar? Quem tem discrime 185
rejeita isso. Em situação adversa ou
no gozo da experiência alvíssara, jamais
conviva com alguém da estirpe feminina,
pois, quando tem poder, revela-se agressiva
e, apavorada, põe em risco os seus e a urbe. 190
O que se vê agora é caos e correria;
vosso clamor instaura pânico e apatia.
Fortaleceis a causa de quem vem de fora,
e à prática do saque mútuo entregamo-nos.
Nisso que dá viver rodeado por mulheres. 195
A quem vier a desdenhar o que eu ordeno,

ψῆφος κατ' αὐτῶν ὀλεθρία βουλεύσεται,
λευστῆρα δήμου δ' οὔ τι μὴ φύγῃ μόρον.
μέλει γὰρ ἀνδρί, μὴ γυνὴ βουλευέτω, 200
τἄξωθεν· ἔνδον δ' οὖσα μὴ βλάβην τίθει.

ἤκουσας ἢ οὐκ ἤκουσας, ἢ κωφῇ λέγω;

ΧΟΡΟΣ
ὦ φίλον Οἰδίπου τέκος, ἔδεισ' ἀκού-
σασα τὸν ἁρματόκτυπον ὄτοβον ὄτοβον,
ὅτε τε σύριγγες ἔκλαγξαν ἐλίτροχοι, 205
ἱππικῶν τ' ἀπύαν πηδαλίων διὰ στόμα
πυριγενετᾶν χαλινῶν.

ΕΤΕΟΚΛΗΣ
τί οὖν; ὁ ναύτης ἆρα μὴ 'ς πρῷραν φυγὼν
πρύμνηθεν ηὖρε μηχανὴν σωτηρίας,
νεὼς καμούσης ποντίῳ πρὸς κύματι; 210

ΧΟΡΟΣ
ἀλλ' ἐπὶ δαιμόνων πρόδρομος ἦλθον ἀρ-
χαῖα βρέτη, θεοῖσι πίσυνος, νιφάδος
ὅτ' ὀλοᾶς νειφομένας βρόμος ἐν πύλαις·
δὴ τότ' ἤρθην φόβῳ πρὸς μακάρων λιτάς, πόλεως
ἵν' ὑπερέχοιεν ἀλκάν. 215

ΕΤΕΟΚΛΗΣ
πύργον στέγειν εὔχεσθε πολέμιον δόρυ.
οὐκοῦν τάδ' ἔσται πρὸς θεῶν· ἀλλ' οὖν θεοὺς
τοὺς τῆς ἁλούσης πόλεος ἐκλείπειν λόγος.

homem, mulher, qualquer pessoa interposta,
sua morte haverá de ser votada e não
se esquiva da lapidação que a turba aplica.
O que se faz fora de casa é coisa do homem; 200
cabe à mulher ficar no lar sem estorvar.

   [O coro não responde]

Fui claro ou falo com quem faz ouvidos moucos?

CORO

Ó caro filho de Édipo, tremi, temi
ao escutar o trom, o trom que estrepitou dos carros,
que chirriou dos pinos ao regiro das rodas, 205
e morsos foguiforjados relinchavam da peia
no entremeio da fauce.

ETÉOCLES

Como é que é? E desde quando um nauta em fuga
da proa à popa encontra um jeito de salvar
do vagalhão que açoita o barco em alto-mar? 210

CORO

A fé nos deuses me moveu quando corri
às estátuas vetustas. Ecoava às portas
a nevasca fatal das pedras. O pavor
me impeliu a subir o tom de voz na prece
aos imortais em prol da proteção da pólis. 215

ETÉOCLES

Prece para afastar do muro a lança hostil?
Assim será se os numes anuírem, mas
os numes — diz-se — deixam a urbe sucumbida.

ΧΟΡΟΣ

μήποτ' ἐμὸν κατ' αἰῶνα λίποι θεῶν
ἅδε πανάγυρις, μηδ' ἐπίδοιμι τάνδ' 220
ἀστυδρομουμέναν πόλιν καὶ στράτευμ'
ἁπτόμενον πυρὶ δαΐῳ.

ΕΤΕΟΚΛΗΣ

μή μοι θεοὺς καλοῦσα βουλεύου κακῶς·
πειθαρχία γάρ ἐστι τῆς εὐπραξίας
μήτηρ, γυνὴ σωτῆρος· ὧδ' ἔχει λόγος. 225

ΧΟΡΟΣ

ἔστι· θεοῦ δ' ἔτ' ἰσχὺς καθυπερτέρα·
πολλάκι δ' ἐν κακοῖσι τὸν ἀμάχανον
κἀκ χαλεπᾶς δύας ὕπερθ' ὀμμάτων
κρημναμενᾶν νεφελᾶν ὀρθοῖ.

ΕΤΕΟΚΛΗΣ

ἀνδρῶν τάδ' ἐστί, σφάγια καὶ χρηστήρια 230
θεοῖσιν ἔρδειν πολεμίων πειρωμένους·
σὸν δ' αὖ τὸ σιγᾶν καὶ μένειν εἴσω δόμων.

ΧΟΡΟΣ

διὰ θεῶν πόλιν νεμόμεθ' ἀδάματον,
δυσμενέων δ' ὄχλον πύργος ἀποστέγει.
τίς τάδε νέμεσις στυγεῖ; 235

ΕΤΕΟΚΛΗΣ

οὔτοι φθονῶ σοι δαιμόνων τιμᾶν γένος·
ἀλλ' ὡς πολίτας μὴ κακοσπλάγχνους τιθῇς,
εὔκηλος ἴσθι μηδ' ἄγαν ὑπερφοβοῦ.

28

CORO

Jamais, no curso do viver, o conciliábulo
dos deuses nos deserte, nem eu veja
a cidadela aturdidesnorteada e as gentes
sorvidas pelo fogo em chamas.

ETÉOCLES

Não invoqueis os deuses quando agis tão mal,
pois que a mãe do Sucesso é a Obediência, cônjuge
da Salvação. É o que nos diz a tradição.

CORO

Não nego, mas se impõe o poderio dos deuses:
frequentes vezes, imergindo no insolúvel
problema de aflição sem fim, sob o pendor
da nuvem que obnubila, eles nos aprumam.

ETÉOCLES

Ao homem cabe oferecer os sacrifícios
aos deuses quando enfrenta um inimigo; a ti,
manter-se quieta no interior da moradia.

CORO

Graças aos deuses nossa pólis não tombou
e a torre impede o atropelo do tropel.
Que ódio alimenta teu ressentimento?

ETÉOCLES

Longe de mim negar que honres deuses magnos,
mas não instiles vilania nas pessoas:
fica tranquila e não te excedas no pavor.

ΧΟΡΟΣ

ποτίφατον κλύουσα πάταγον ἀνάμιγα
ταρβοσύνῳ φόβῳ τάνδ' ἐς ἀκρόπτολιν, 240
τίμιον ἕδος, ἱκόμαν.

ΕΤΕΟΚΛΗΣ

μή νυν, ἐὰν θνῄσκοντας ἢ τετρωμένους
πύθησθε, κωκυτοῖσιν ἁρπαλίζετε.
τούτῳ γὰρ Ἄρης βόσκεται, φόνῳ βροτῶν.

ΧΟΡΟΣ

καὶ μὴν ἀκούω γ' ἱππικῶν φρυαγμάτων. 245

ΕΤΕΟΚΛΗΣ

μή νυν ἀκούουσ' ἐμφανῶς ἄκου' ἄγαν.

ΧΟΡΟΣ

στένει πόλισμα γῆθεν, ὡς κυκλουμένων.

ΕΤΕΟΚΛΗΣ

οὐκοῦν ἔμ' ἀρκεῖ τῶνδε βουλεύειν πέρι.

ΧΟΡΟΣ

δέδοικ', ἀραγμὸς δ' ἐν πύλαις ὀφέλλεται.

ΕΤΕΟΚΛΗΣ

οὐ σῖγα μηδὲν τῶνδ' ἐρεῖς κατὰ πτόλιν; 250

ΧΟΡΟΣ

ὦ ξυντέλεια, μὴ προδῷς πυργώματα.

CORO

Há pouco ouvi o estrondo indiscernível. Vim
correndo, apavorada, para a acrópole,   240
ao sólio venerável.

ETÉOCLES

Ao colocar-te a par dos mortos e feridos,
evita receber a informação com gritos,
pois Ares se alimenta da matança humana.

CORO

Não é nitrido de cavalo o que ora escuto?   245

ETÉOCLES

Se ouves, evita ouvir escancaradamente!

CORO

Cercada, a cidadela geme no alicerce.

ETÉOCLES

É suficiente que eu decida a situação.

CORO

Me faz tremer o trom que aumenta nos portais.

ETÉOCLES

Não ficas quieta? Nada digas à cidade!   250

CORO

Não traias o baluarte, ó concílio divo!

ΕΤΕΟΚΛΗΣ
οὐκ ἐς φθόρον σιγῶσ᾽ ἀνασχήσῃ τάδε;

ΧΟΡΟΣ
θεοὶ πολῖται, μή με δουλείας τυχεῖν.

ΕΤΕΟΚΛΗΣ
αὐτὴ σὺ δουλοῖς κἀμὲ καὶ πᾶσαν πόλιν.

ΧΟΡΟΣ
ὦ παγκρατὲς Ζεῦ, τρέψον εἰς ἐχθροὺς βέλος.   255

ΕΤΕΟΚΛΗΣ
ὦ Ζεῦ, γυναικῶν οἷον ὤπασας γένος.

ΧΟΡΟΣ
μοχθηρόν, ὥσπερ ἄνδρας ὧν ἁλῷ πόλις.

ΕΤΕΟΚΛΗΣ
παλινστομεῖς αὖ θιγγάνουσ᾽ ἀγαλμάτων;

ΧΟΡΟΣ
ἀψυχίᾳ γὰρ γλῶσσαν ἁρπάζει φόβος.

ΕΤΕΟΚΛΗΣ
αἰτουμένῳ μοι κοῦφον εἰ δοίης τέλος.   260

ΧΟΡΟΣ
λέγοις ἂν ὡς τάχιστα, καὶ τάχ᾽ εἴσομαι.

ΕΤΕΟΚΛΗΣ
σίγησον, ὦ τάλαινα, μὴ φίλους φόβει.

ETÉOCLES
Que dissabor! Não podes suportar calada?

CORO
A servidão não seja o meu quinhão, ó deuses!

ETÉOCLES
A ti mesma escravizas, à cidade e a mim!

CORO
Zeus magno, mira os raios só nos adversários!

ETÉOCLES
Que gênero nos concedeste, Zeus: mulheres!

CORO
Um fardo, como os homens se a cidade tomba.

ETÉOCLES
Ainda vociferas, abraçando estátuas?

CORO
Exânime, o medo me domina a língua.

ETÉOCLES
Acaso cumprirás um ínfimo favor?

CORO
Quanto antes fales, poderei te responder.

ETÉOCLES
Cala, infeliz! Não amedrontes entes caros!

ΧΟΡΟΣ

σιγῶ· σὺν ἄλλοις πείσομαι τὸ μόρσιμον.

ΕΤΕΟΚΛΗΣ
τοῦτ᾽ ἀντ᾽ ἐκείνων τοὔπος αἱροῦμαι σέθεν.
καὶ πρός γε τούτοις, ἐκτὸς οὖσ᾽ ἀγαλμάτων, 265
εὔχου τὰ κρείσσω, ξυμμάχους εἶναι θεούς·
κἀμῶν ἀκούσασ᾽ εὐγμάτων, ἔπειτα σὺ
ὀλολυγμὸν ἱερὸν εὐμενῆ παιώνισον,
Ἑλληνικὸν νόμισμα θυστάδος βοῆς,
θάρσος φίλοις, λύουσα πολέμιον φόβον. 270
ἐγὼ δὲ χώρας τοῖς πολισσούχοις θεοῖς,
πεδιονόμοις τε κἀγορᾶς ἐπισκόποις,
Δίρκης τε πηγαῖς, ὕδατί τ᾽ Ἰσμηνοῦ λέγω
εὖ ξυντυχόντων καὶ πόλεως σεσωμένης,
μήλοισιν αἱμάσσοντας ἑστίας θεῶν 275
θύσειν τροπαῖα †δαΐων δ᾽ ἐσθήματα†
στέψω λάφυρα δουρίπληχθ᾽ ἁγνοῖς δόμοις.
τοιαῦτ᾽ ἐπεύχου μὴ φιλοστόνως θεοῖς,
μηδ᾽ ἐν ματαίοις κἀγρίοις ποιφύγμασιν· 280
οὐ γάρ τι μᾶλλον μὴ φύγῃς τὸ μόρσιμον.
ἐγὼ δέ γ᾽ ἄνδρας ἓξ ἐμοὶ σὺν ἑβδόμῳ
ἀντηρέτας ἐχθροῖσι τὸν μέγαν τρόπον
εἰς ἑπτατειχεῖς ἐξόδους τάξω μολών,
πρὶν ἀγγέλους σπερχνούς τε καὶ ταχυρρόθους 285
λόγους ἱκέσθαι καὶ φλέγειν χρείας ὕπο.

ΧΟΡΟΣ
μέλει, φόβῳ δ᾽ οὐχ ὑπνώσσει κέαρ·
γείτονες δὲ καρδίας
μέριμναι ζωπυροῦσι τάρβος

CORO
Me curvo à moira como os outros e me calo.

ETÉOCLES
Prefiro o que ora falas à tua fala de antes.
Em lugar de abraçar estátuas, ora agora 265
pelo melhor: levar à luta o deus aliado.
Depois de ouvir o que eu suplico, ulula o peã
auspicioso de triunfo, habitual
clamor dos gregos que acompanha os sacrifícios,
e anima o amigo, desfazendo o medo atroz. 270
Direi aos numes tutelares do local,
que habitam nosso prado e guardam nossa praça,
ao córrego do Ismeno, ao nascedouro Dirce:
se a pólis se salvar e a sorte for benéfica,
hei de verter sangue ovelhum pelo larário. 275
Espólios de inimigos que conquiste a lança
serão depositados sobre os templos sacros.
Deves rogar assim aos numes, sem lamúrias,
sem a inutilidade de agressivos ímpetos, 280
pois não escaparás ao que o destino impõe.
Serei o sétimo guerreiro a me juntar
aos outros seis a fim de combater quem já
começa a se posicionar nas sete portas,
antes que mensageiros lestos tragam novas 285
agílimoescoantes, incendiando a crise.

[Etéocles sai em direção às muralhas]

CORO
De acordo, mas de medo
o coração não dorme.
Preocupações geminam o coração,

τὸν ἀμφιτειχῆ λεών, 290
δράκοντας ὥς τις τέκνων
ὑπερδέδοικεν λεχαίων δυσευνάτορας
πάντρομος πελειάς.
τοὶ μὲν γὰρ ποτὶ πύργους 295
πανδαμεὶ πανομιλεὶ
στείχουσιν. τί γένωμαι;
τοὶ δ' ἐπ' ἀμφιβόλοισιν
ἰάπτουσι πολίταις
χερμάδ' ὀκριόεσσαν. 300
παντὶ τρόπῳ, Διογενεῖς
θεοί, πόλιν καὶ στρατὸν
Καδμογενῆ ῥύεσθε.

ποῖον δ' ἀμείψεσθε γαίας πέδον
τᾶσδ' ἄρειον, ἐχθροῖς 305
ἀφέντες τὰν βαθύχθον' αἶαν,
ὕδωρ τε Διρκαῖον, εὐ-
τραφέστατον πωμάτων
ὅσων ἵησιν Ποσειδᾶν ὁ γαιάοχος
Τηθύος τε παῖδες.
πρὸς τάδ', ὦ πολιοῦχοι
θεοί, τοῖσι μὲν ἔξω
πύργων ἀνδρολέτειραν
κῆρα, ῥίψοπλον ἄταν, 315
ἐμβαλόντες ἄροισθε
κῦδος τοῖσδε πολίταις.
καὶ πόλεως ῥύτορες ἔστ'
εὔεδροί τε στάθητ'
ὀξυγόοις λιταῖσιν. 320

abrasam a turbação pela hoste
no círculo do muro,
como a columba hipertrêmula
teme a serpe que o ninho desaninha dos pupilos.
Avançam plenidensos, pancerrados
contra o baluarte.
O que há de ser de mim?
Outros arrojam
pedras multiafiadas
na povoação cercada.
Deuses da estirpe de Zeus,
protegei a cidade
e as hostes cádmias!

Que páramo mais fértil poderíeis arrebatar
em seu lugar, no caso de legar aos inimigos
a eira abismal,
a água do Dirce, a mais potável de beber,
dádiva de Posêidon treme-terra
e da prole de Tétis?
Ó numes tutelares,
lançai
contra homens extramuros
o revés morticida
e *Ate*, cegueira arroja-égide!
A glória concedei aos oriundos da cidade!
Salvai a cidadela,
e, estáticos, em belos sólios,
permanecei, em resposta
ao que rogam nossas litanias!

οἰκτρὸν γὰρ πόλιν ὧδ' ὠγυγίαν
Ἅιδᾳ προϊάψαι, δορὸς ἄγραν
δουλίαν ψαφαρᾷ σποδῷ
ὑπ' ἀνδρὸς Ἀχαιοῦ θεόθεν
περθομέναν ἀτίμως, 325
τὰς δὲ κεχειρωμένας ἄγεσθαι,
ἓ ἕ, νέας τε καὶ παλαιὰς
ἱππηδὸν πλοκάμων, περιρ-
ρηγνυμένων φαρέων. βοᾷ δ'
ἐκκενουμένα πόλις, 330
λαΐδος ὀλλυμένας μιξοθρόου.
βαρείας τοι τύχας προταρβῶ.

κλαυτὸν δ' ἀρτιτρόποις ὠμοδρόποις
νομίμων προπάροιθεν διαμεῖψαι
δωμάτων στυγερὰν ὁδόν· 335
τί; τὸν φθίμενον γὰρ προλέγω
βέλτερα τῶνδε πράσσειν.
πολλὰ γάρ, εὖτε πτόλις δαμασθῇ,
ἓ ἕ, δυστυχῆ τε πράσσει.
ἄλλος δ' ἄλλον ἄγει, φονεύ- 340
ει, τὰ δὲ πυρφορεῖ· καπνῷ
δὲ χραίνεται πόλισμ' ἅπαν·
μαινόμενος δ' ἐπιπνεῖ λαοδάμας
μιαίνων εὐσέβειαν Ἄρης.

κορκορυγαὶ δ' ἂν' ἄστυ, προτὶ πτόλιν δ' ὁρκάνα 345
πυργῶτις, πρὸς ἀνδρὸς δ' ἀνὴρ
ἀμφὶ δορὶ κλίνεται·
βλαχαὶ δ' αἱματόεσσαι
τῶν ἐπιμαστιδίων

Lastimo que urbe tão imêmore,
arremessem-na ao Hades,
serva acre da hasta,
sob argivos viris assolada com aval divino, 325
vazia de honor, detrito de cinzas,
mulheres, cativas, subtraídas, novatas e anciãs,
ah! ah!
como cavalos pelas crinas,
despojadas de indumentária.
Grita a cidade vazia 330
do tétrico butim em que os clamores se confundem.
Meu tremor se antecipa ao pesar da sina.

É deplorável moças no verdor da idade,
ao arrepio do rito imêmore,
trocarem logradouros seus 335
pelo sendeiro turvo.
O que se passa com cadáveres não é tão
nefasto. Empenho-me no que profiro,
pois com a urbe que tomba,
o revés se desdobra.
Alguém conduz a outrem, o assassina, 340
ateia fogo,
e a cidadela inteira esfumaça, imunda.
E, ensandecendo, sopra sobranceiro o domapovo,
macula o pio: Ares.

O burgo balburdia. Um cinturão, 345
o cerco se fecha.
A soldadesca se entrelança.
O choro ensanguentado de neonatos
recém-alimentados repercute.

ἀρτιτρεφεῖς βρέμονται. 350
ἁρπαγαὶ δὲ διαδρομᾶν ὁμαίμονες·
ξυμβολεῖ φέρων φέροντι,
καὶ κενὸς κενὸν καλεῖ,
ξύννομον θέλων ἔχειν,
οὔτε μεῖον οὔτ' ἴσον λελιμμένοι. 355
τὰκ τῶνδ' εἰκάσαι λόγος πάρα.

παντοδαπὸς δὲ καρπὸς χαμάδις πεσὼν
ἀλγύνει κυρήσας πικρὸν [δ']
ὄμμα θαλαμηπόλων,
πολλὰ δ' ἀκριτόφυρτος 360
γᾶς δόσις οὐτιδανοῖς
ἐν ῥοθίοις φορεῖται.
δμωίδες δὲ καινοπήμονες †νέαι
τλάμον'† εὐνὰν αἰχμάλωτον
ἀνδρὸς εὐτυχοῦντος ὡς 365
δυσμενοῦς ὑπερτέρου
ἐλπίς ἐστι νύκτερον τέλος μολεῖν,
παγκλαύτων ἀλγέων ἐπίρροθον.

ΗΜΙΧΟΡΙΟΝ Α
ὅ τοι κατόπτης, ὡς ἐμοὶ δοκεῖ, στρατοῦ
πευθώ τιν' ἡμῖν, ὦ φίλαι, νέαν φέρει, 370
σπουδῇ διώκων πομπίμους χνόας ποδῶν.

ΗΜΙΧΟΡΙΟΝ Β
καὶ μὴν ἄναξ ὅδ' αὐτὸς Οἰδίπου τόκος
εἰς ἀρτίκολλον ἀγγέλου λόγον μαθεῖν·
σπουδὴ δὲ καὶ τοῦδ' οὐκ ἀπαρτίζει πόδα.

O saque e seu irmão germano: o rapto.   350
Pilhador esbarra em pilhador,
o despojado apela ao despojado,
no afã de, ao lado, aliá-lo.
Ávidos, não aceitam menos nem o mesmo.   355
Alguém concebe um quadro além?

A messe variegada caída ao chão
doe no seu apelo.
Amarga é a mirada das ecônomas.
Na nulidade do monturo   360
pende
a indiscernível dádiva do chão.
Servas novas jejunas no sofrer
suportam o leito
do guerreiro que triunfa: 365
a expectativa é a entrega ao desenlace noturno
com o altivo hostil,
dores sobreondulando multipranteadas.

   [O espião retorna apressado]

SEMICORO A
Tenho a impressão de ver, amigas, o espião
que vem trazer notícias do tropel adverso.   370
Na pressa, força os pés no estribo do animal.

   [Etéocles retorna apressado]

SEMICORO B
E vem também o próprio rei, o filho de Édipo,
para inteirar-se do que diz o mensageiro.
Por pouco, às pressas, não desequilibra os pés.

ΚΑΤΑΣΚΟΠΟΣ
λέγοιμ' ἂν εἰδὼς εὖ τὰ τῶν ἐναντίων, 375
ὥς τ' ἐν πύλαις ἕκαστος εἴληχεν πάλον.
Τυδεὺς μὲν ἤδη πρὸς πύλαισι Προιτίσιν
βρέμει, πόρον δ' Ἰσμηνὸν οὐκ ἐᾷ περᾶν
ὁ μάντις· οὐ γὰρ σφάγια γίγνεται καλά.
Τυδεὺς δὲ μαργῶν καὶ μάχης λελιμμένος 380
μεσημβριναῖς κλαγγαῖσιν ὡς δράκων βοᾷ,
θείνει δ' ὀνείδει μάντιν Οἰκλείδην σοφόν,
σαίνειν μόρον τε καὶ μάχην ἀψυχίᾳ.
τοιαῦτ' ἀυτῶν τρεῖς κατασκίους λόφους
σείει, κράνους χαίτωμ', ὑπ' ἀσπίδος δ' ἔσω 385
χαλκήλατοι κλάζουσι κώδωνες φόβον.
ἔχει δ' ὑπέρφρον σῆμ' ἐπ' ἀσπίδος τόδε,
φλέγονθ' ὑπ' ἄστροις οὐρανὸν τετυγμένον·
λαμπρὰ δὲ πανσέληνος ἐν μέσῳ σάκει,
πρέσβιστον ἄστρων, νυκτὸς ὀφθαλμός, πρέπει. 390
τοιαῦτ' ἀλύων ταῖς ὑπερκόμποις σαγαῖς
βοᾷ παρ' ὄχθαις ποταμίαις, μάχης ἐρῶν,
ἵππος χαλινῶν ὣς κατασθμαίνων μένει,
ὅστις βοὴν σάλπιγγος ὁρμαίνει μένων.
τίν' ἀντιτάξεις τῷδε; τίς Προίτου πυλῶν 395
κλῄθρων λυθέντων προστατεῖν φερέγγυος;

ΕΤΕΟΚΛΗΣ
κόσμον μὲν ἀνδρὸς οὔτιν' ἂν τρέσαιμ' ἐγώ,
οὐδ' ἑλκοποιὰ γίγνεται τὰ σήματα·
λόφοι δὲ κώδων τ' οὐ δάκνουσ' ἄνευ δορός.
καὶ νύκτα ταύτην ἣν λέγεις ἐπ' ἀσπίδος 400
ἄστροισι μαρμαίρουσαν οὐρανοῦ κυρεῖν,
τάχ' ἂν γένοιτο μάντις ἡ ἄνοια τινί.
εἰ γὰρ θανόντι νὺξ ἐπ' ὀφθαλμοῖς πέσοι,

ESPIÃO

Estou em condições de esclarecer a porta
atribuída por sorteio a cada um.
Tideu já brame junto à porta Proitos, mas
o vate veta que atravesse o rio Ismeno,
porque os sacrifícios foram nada alvíssaros.
Tideu, num surto de avidez guerreira, estruge
igual serpente sibilante ao meio-dia
e insulta o ínclito Oicleide previdente:
"Seu fraco! A cauda encolhes por temor ao prélio!"
Furioso, agita os três penachos que ensombrecem
a cimeira da gálea; sob o escudo, sinos
bronzilavrados tintinando nênias tétricas.
Na áspide transporta um símbolo em seu ápice:
o firmamento pontilhado por estrelas.
No centro do broquel acende, pan-selênia,
a lua cheia, olhar da noite, astro-mor.
Agita-se investido no arrogante arnês
e, erótico de guerra, brada à beira-rio,
como um corcel irado rincha contra a brida
à espera impaciente de que a trompa troe.
Quem há de ser o antagonista? Quem se posta
à porta Proitos quando o quício for cindido?

ETÉOCLES

Adornos de viris não metem medo em mim,
nem signos ferem. Sem venábulo, as plumas
não mordem, nem os sinos. No que tange à noite
que afirmas fulgurar no escudo com estrelas
no firmamento, bem... quem sabe a insensatez
de alguém não venha a se tornar premonitória,
pois se lhe cai a noite sobre os olhos, morto,

τῷ τοι φέροντι σῆμ᾽ ὑπέρκομπον τόδε
γένοιτ᾽ ἂν ὀρθῶς ἐνδίκως τ᾽ ἐπώνυμον, 405
καὐτὸς καθ᾽ αὑτοῦ τήνδ᾽ ὕβριν μαντεύσεται.
ἐγὼ δὲ Τυδεῖ κεδνὸν Ἀστακοῦ τόκον
τῶνδ᾽ ἀντιτάξω προστάτην πυλωμάτων,
μάλ᾽ εὐγενῆ τε καὶ τὸν Αἰσχύνης θρόνον
τιμῶντα καὶ στυγοῦνθ᾽ ὑπέρφρονας λόγους. 410
αἰσχρῶν γὰρ ἀργός, μὴ κακὸς δ᾽ εἶναι φιλεῖ.
σπαρτῶν δ᾽ ἀπ᾽ ἀνδρῶν, ὧν Ἄρης ἐφείσατο,
ῥίζωμ᾽ ἀνεῖται, κάρτα δ᾽ ἔστ᾽ ἐγχώριος,
Μελάνιππος· ἔργον δ᾽ ἐν κύβοις Ἄρης κρινεῖ·
Δίκη δ᾽ ὁμαίμων κάρτα νιν προστέλλεται 415
εἴργειν τεκούσῃ μητρὶ πολέμιον δόρυ.

ΧΟΡΟΣ

τὸν ἁμόν νυν ἀντίπαλον εὐτυχεῖν
θεοὶ δοῖεν, ὡς δικαίως πόλεως
πρόμαχος ὄρνυται· τρέμω δ᾽ αἱματη-
φόρους μόρους ὑπὲρ φίλων 420
ὀλομένων ἰδέσθαι.

ΚΑΤΑΣΚΟΠΟΣ

τούτῳ μὲν οὕτως εὐτυχεῖν δοῖεν θεοί.
Καπανεὺς δ᾽ ἐπ᾽ Ἠλέκτραισιν εἴληχεν πύλαις,
γίγας ὅδ᾽ ἄλλος τοῦ πάρος λελεγμένου
μείζων, ὁ κόμπος δ᾽ οὐ κατ᾽ ἄνθρωπον φρονεῖ, 425
θεοῦ τε γὰρ θέλοντος ἐκπέρσειν πόλιν
καὶ μὴ θέλοντός φησιν, οὐδὲ τὴν Διὸς
ἔριν πέδοι σκήψασαν ἐμποδὼν σχεθεῖν.
τὰς δ᾽ ἀστραπάς τε καὶ κεραυνίους βολὰς 430
μεσημβρινοῖσι θάλπεσιν προσήκασεν.
ἔχει δὲ σῆμα γυμνὸν ἄνδρα πυρφόρον,

o signo de soberba poderia se
tornar perfeita e justamente seu epônimo, 405
vaticinando a própria intemperança contra
si mesmo. Escolherei o bravo filho de Ástaco
para enfrentar Tideu e proteger a porta.
De estirpe sóbria, honra o trono da Modéstia,
tem ojeriza a palavrório prepotente, 410
detesta o desleal, refuga o ente abjeto.
Dos dentes do dragão seus ancestrais nasceram,
e Ares os preservou. Tens a raiz local
de Melanipo. Sua sina o dado de Ares
decidirá. Justiça, sua irmã, o guia 415
contra o agressor de quem aqui o procriou.

CORO

O bem do acaso os deuses deem
a quem lute por mim,
pois que se arvora em justo defensor da pólis.
Mas tremo ao ver a moira sanguiávida 420
de quem tombou pelos amigos.

ESPIÃO

Que os deuses lhe concedam ser bem-sucedido!
A porta Electra coube a Capaneu, o Fúmeo,
gigante bem mais alto que Tideu. Não é
de um ser pensante a empáfia que blasona. Afirma 425
a quem o queira ouvir que saqueará a pólis,
concorde o deus ou não, e que tampouco o raio
de Zeus em seu caminho o faz retroceder.
Compara raios e relâmpagos ao sol 430
que aquece ao meio-dia. Seu brasão é um homem
flamífero e nu, em cujas mãos lampeja

φλέγει δὲ λαμπὰς διὰ χερῶν ὡπλισμένη·
χρυσοῖς δὲ φωνεῖ γράμμασιν 'πρήσω πόλιν.'
τοιῷδε φωτὶ πέμπε — τίς ξυστήσεται, 435
τίς ἄνδρα κομπάζοντα μὴ τρέσας μενεῖ;

ΕΤΕΟΚΛΗΣ
καὶ τῷδε κέρδει κέρδος ἄλλο τίκτεται.
τῶν τοι ματαίων ἀνδράσιν φρονημάτων
ἡ γλῶσσ' ἀληθὴς γίγνεται κατήγορος.
Καπανεὺς δ' ἀπειλεῖ, δρᾶν παρεσκευασμένος· 440
θεοὺς ἀτίζων, κἀπογυμνάζων στόμα
χαρᾷ ματαίᾳ θνητὸς ὢν εἰς οὐρανὸν
πέμπει γεγωνὰ Ζηνὶ κυμαίνοντ' ἔπη.
πέποιθα δ' αὐτῷ ξὺν δίκῃ τὸν πυρφόρον
ἥξειν κεραυνόν, οὐδὲν ἐξῃκασμένον 445
[μεσημβρινοῖσι θάλπεσιν τοῖς ἡλίου].
ἀνὴρ δ' ἐπ' αὐτῷ, κεἰ στόμαργός ἐστ' ἄγαν,
αἴθων τέτακται λῆμα, Πολυφόντου βία,
φερέγγυον φρούρημα, προστατηρίας
Ἀρτέμιδος εὐνοίαισι σύν τ' ἄλλοις θεοῖς. 450
λέγ' ἄλλον ἄλλαις ἐν πύλαις εἰληχότα.

ΧΟΡΟΣ
ὄλοιθ' ὃς πόλει μεγάλ' ἐπεύχεται,
κεραυνοῦ δέ νιν βέλος ἐπισχέθοι,
πρὶν ἐμὸν ἐσθορεῖν δόμον, πωλικῶν
θ' ἑδωλίων ὑπερκόπῳ 455
δορί ποτ' ἐκλαπάξαι.

46

seu armamento: a tocha. Eis o que diz em letras
douradas: "Meto fogo na cidade". Envia
contra um sujeito assim... Mas quem o enfrentaria? 435
Quem peita sem temor alguém tão presumido?

ETÉOCLES
Nosso primeiro ganho dá à luz um outro.
A língua é a acusadora infalível do homem
de pensamentos ocos. Capaneu, o Fúmeo,
se apressa a pôr em prática suas ameaças. 440
Denigre os numes, exercita a própria boca
para evacuar vacuidades. Ser mortal,
expele ao céu a fala encapelada contra
Zeus. Não duvido de que o raio portafogo
o abaterá dos cimos com justiça, raio 445
em nada similar à tepidez do sol
a pino. Sem negar-lhe o traço verborrágico,
será impotente contra alguém cujo desejo
é fogo, o ímpeto de Polifonte, oposto
defensor sem tibieza, com anuência de Ártemis 450
e das demais deidades. Quem mais foi sorteado
para ficar postado sobre as outras portas?

CORO
Morra quem alardeie o fim da urbe!
Possa atingi-lo o raio coruscante
antes que adentre em meu larário
para expulsar-me de recintos reservados, 455
com lança à qual não falta empáfia.

ΚΑΤΑΣΚΟΠΟΣ

λέξω· τρίτῳ γὰρ Ἐτεόκλῳ τρίτος πάλος
ἐξ ὑπτίου 'πήδησεν εὐχάλκου κράνους,
πύλαισι Νηίστῃσι προσβαλεῖν λόχον. 460
ἵππους δ' ἐν ἀμπυκτῆρσιν ἐμβριμωμένας
δινεῖ, θελούσας πρὸς πύλαις πεπτωκέναι.
φιμοὶ δὲ συρίζουσι βάρβαρον τρόπον,
μυκτηροκόμποις πνεύμασιν πληρούμενοι.
ἐσχημάτισται δ' ἀσπὶς οὐ σμικρὸν τρόπον· 465
ἀνὴρ [δ'·] ὁπλίτης κλίμακος προσαμβάσεις
στείχει πρὸς ἐχθρῶν πύργον, ἐκπέρσαι θέλων.
βοᾷ δὲ χοὖτος γραμμάτων ἐν ξυλλαβαῖς,
ὡς οὐδ' ἂν Ἄρης σφ' ἐκβάλοι πυργωμάτων.
καὶ τῷδε φωτὶ πέμπε τὸν φερέγγυον 470
πόλεως ἀπείργειν τῆσδε δούλιον ζυγόν.

ΕΤΕΟΚΛΗΣ

καὶ δὴ πέπεμπται κόμπον ἐν χεροῖν ἔχων,
Μεγαρεύς, Κρέοντος σπέρμα τοῦ σπαρτῶν γένους,
ὃς οὔτι μάργων ἱππικῶν φρυαγμάτων 475
βρόμον φοβηθεὶς ἐκ πυλῶν χωρήσεται,
ἀλλ' ἢ θανὼν τροφεῖα πληρώσει χθονί,
ἢ καὶ δύ' ἄνδρε καὶ πόλισμ' ἐπ' ἀσπίδος
ἑλὼν λαφύροις δῶμα κοσμήσει πατρός.
κόμπαζ' ἐπ' ἄλλῳ, μηδέ μοι φθόνει λέγων. 480

ΧΟΡΟΣ

ἐπεύχομαι τῷδε μὲν εὐτυχεῖν, ἰὼ
πρόμαχ' ἐμῶν δόμων, τοῖσι δὲ δυστυχεῖν.
ὡς δ' ὑπέραυχα βάζουσιν ἐπὶ πτόλει
μαινομένᾳ φρενί, τώς νιν
Ζεὺς νεμέτωρ ἐπίδοι κοταίνων. 485

ESPIÃO

Etéoclo foi sorteado em terceiro. Do elmo
bronzibrunido invertido salta a sorte
de conduzir sua falange à porta Neo.   460
Manobra em círculo os cavalos que relincham
nas trelas, ansiosos de ocupar as portas.
Açaimos flauteavam melodia bárbara
do arfar que se perdia das narinas magnas.
Não é imodesta a ilustração da égide, onde   465
o hoplita escala a escada que o conduz à torre
dos inimigos desejando derrubá-la.
Ela também vozeia em sílabas escritas:
"Nem Ares há de sequestrar-me do baluarte."
Remete contra o tipo alguém capacitado   470
para alijar do burgo o jugo do submisso!

ETÉOCLES

Já ocupa o posto um orgulhoso dos dois braços,
da estirpe dos Semeados, filho de Creonte,
Megareu. Não arredará os pés dos pórticos   475
frente ao relincho enlouquecido dos cavalos.
Se morre, paga à terra que o nutriu, se não,
adornará o lar do pai com o butim,
dobrando os dois heróis e a pólis sobre o escudo.
Não te refreies de citar o outro: cospe-o!   480

CORO

Imploro pelo teu sucesso,
defensor da morada; aos demais, a sorte amarga.
Como alcançam a cidade com os ruídos
da mente insana,
Zeus vingador lhes mova o olhar atroz.   485

ΚΑΤΑΣΚΟΠΟΣ

τέταρτος ἄλλος, γείτονας πύλας ἔχων
Ὄγκας Ἀθάνας, ξὺν βοῇ παρίσταται,
Ἱππομέδοντος σχῆμα καὶ μέγας τύπος·
ἅλω δὲ πολλήν, ἀσπίδος κύκλον λέγω,
ἔφριξα δινήσαντος, οὐκ ἄλλως ἐρῶ. 490
ὁ σηματουργὸς δ᾽ οὔ τις εὐτελὴς ἄρ᾽ ἦν
ὅστις τόδ᾽ ἔργον ὤπασεν πρὸς ἀσπίδι,
Τυφῶν᾽ ἱέντα πύρπνοον διὰ στόμα
λιγνὺν μέλαιναν, αἰόλην πυρὸς κάσιν·
ὄφεων δὲ πλεκτάναισι περίδρομον κύτος 495
προσηδάφισται κοιλογάστορος κύκλου.
αὐτὸς δ᾽ ἐπηλάλαξεν, ἔνθεος δ᾽ Ἄρει
βακχᾷ πρὸς ἀλκὴν Θυιὰς ὣς φόβον βλέπων.
τοιοῦδε φωτὸς πεῖραν εὖ φυλακτέον·
Φόβος γὰρ ἤδη πρὸς πύλαις κομπάζεται. 500

ΕΤΕΟΚΛΗΣ

πρῶτον μὲν Ὄγκα Παλλάς, ἥτ᾽ ἀγχίπτολις,
πύλαισι γείτων, ἀνδρὸς ἐχθαίρουσ᾽ ὕβριν,
εἴρξει νεοσσῶν ὣς δράκοντα δύσχιμον·
Ὑπέρβιος δέ, κεδνὸς Οἴνοπος τόκος,
ἀνὴρ κατ᾽ ἄνδρα τοῦτον ᾑρέθη, θέλων 505
ἐξιστορῆσαι μοῖραν ἐν χρείᾳ τύχης,
οὔτ᾽ εἶδος οὔτε θυμὸν οὐδ᾽ ὅπλων σχέσιν
μωμητός, Ἑρμῆς δ᾽ εὐλόγως ξυνήγαγεν.
ἐχθρὸς γὰρ ἀνὴρ ἀνδρὶ τῷ ξυστήσεται,
ξυνοίσετον δὲ πολεμίους ἐπ᾽ ἀσπίδων 510
θεούς· ὁ μὲν γὰρ πύρπνοον Τυφῶν᾽ ἔχει,
Ὑπερβίῳ δὲ Ζεὺς πατὴρ ἐπ᾽ ἀσπίδος
σταδαῖος ἧσται, διὰ χερὸς βέλος φλέγων.
κοὔπω τις εἶδε Ζῆνά που νικώμενον.

ESPIÃO

Ao quarto coube a porta próxima, Atena
Onca, onde se postou aos brados. Corpulento
e alto, o nome dele é Hipomedonte. O disco
enorme — eu me refiro ao círculo do escudo —,
quando o girou — não vou negá-lo — me arrepiou. 490
Quem quer que tenha sido o artesão da égide,
não resta dúvida de que é um exímio artífice:
Tifeu, da boca fogorressoprante, emite
vapor escuro, irmão multicolor da flama.
Serpes entrelaçadas fixam-se no anel 495
do côncavo ventrivazio redondo. Ares
encarna, ulula, mênade em delírio báquico,
ansiando por combate, olhar de horror. Melhor
ficar atento ao bote de um sujeito assim:
Terror se arroga estar de prontidão na porta. 500

ETÉOCLES

Primeiro, Palas Onca, junto à pólis, perto
da porta, odeia a virulência do homem, ave-
-mãe guardiã da cria contra serpe hórrida.
Hipérbio, filho ás de Enópio, escolhi
para o conflito. Quer avaliar a própria 505
moira sob a pressão que o acaso lhe apresente.
Na coragem, no porte, em manuseio de arma,
em tudo excede. Hermes os guiou, preclaro,
pois o homem é inimigo de quem logo avança
e, adversários no broquel, os deuses batem-se. 510
Se o outro traz Tifeu expira-fogo na égide,
na áspide de Hipérbio, Zeus, ereto, empunha
o raio que flameja em sua mão, e nunca
alguém viu Zeus perder uma disputa. Eis

τοιάδε μέντοι προσφίλεια δαιμόνων· 515
πρὸς τῶν κρατούντων δ' ἐσμέν, οἱ δ' ἡσσωμένων,
εἰ Ζεύς γε Τυφῶ καρτερώτερος μάχῃ.
εἰκὸς δὲ πράξειν ἄνδρας ὧδ' ἀντιστάτας,
Ὑπερβίῳ τε πρὸς λόγον τοῦ σήματος
σωτὴρ γένοιτ' ἂν Ζεὺς ἐπ' ἀσπίδος τυχών. 520

ΧΟΡΟΣ

πέποιθα δὴ τὸν Διὸς ἀντίτυπον ἔχοντ'
ἄφιλον ἐν σάκει τοῦ χθονίου δέμας
δαίμονος, ἐχθρὸν εἴκασμα βροτοῖς τε καὶ
δαροβίοισι θεοῖσιν,
πρόσθε πυλᾶν κεφαλὰν ἰάψειν. 525

ΚΑΤΑΣΚΟΠΟΣ

οὕτως γένοιτο. τὸν δὲ πέμπτον αὖ λέγω,
πέμπταισι προσταχθέντα Βορραίαις πύλαις,
τύμβον κατ' αὐτὸν Διογενοῦς Ἀμφίονος·
ὄμνυσι δ' αἰχμὴν ἣν ἔχει μᾶλλον θεοῦ
σέβειν πεποιθὼς ὀμμάτων θ' ὑπέρτερον, 530
ἦ μὴν λαπάξειν ἄστυ Καδμείων βίᾳ
Διός· τόδ' αὐδᾷ μητρὸς ἐξ ὀρεσκόου
βλάστημα καλλίπρῳρον, ἀνδρόπαις ἀνήρ·
στείχει δ' ἴουλος ἄρτι διὰ παρηίδων,
ὥρας φυούσης, ταρφὺς ἀντέλλουσα θρίξ. 535
ὁ δ' ὠμόν, οὔτι παρθένων ἐπώνυμον,
φρόνημα, γοργὸν δ' ὄμμ' ἔχων, προσίσταται.

a natureza da amizade dos eternos. 515
Seremos vencedores, e eles derrotados,
se Zeus tiver mais força que Tifeu na luta,
o que é razoável ocorrer entre adversários:
se prevalece a lógica, o salvador
de Hipérbio será Zeus, no emblema do pavês. 520

CORO
Sou da opinião de que ele, por trazer no escudo
o antípoda de Zeus,
forma desaprazível de um demo ctônio,
um ícone inimigo de mortais e sempiternos,
há de perder, na frente do portal, o crânio. 525

ESPIÃO
Também espero. Passo ao quinto, já postado
à quinta porta, a Norte, próxima da tumba
do filho do Cronida, Anfíon. Pela flecha
que adora mais que a divindade e os próprios olhos,
jurou saquear a cidadela dos cadmeus. 530
Quem fala assim é o filho que uma montanhesa
teve com Ares: homenino belo rosto.
Pelas maçãs da face adolescente crescem
as primícias da barba em tufos de beleza.
Olhar gorgôneo, pensamentos crus, avança 535
quem nada traz do nome virginal: Virgínio.[1]
Não carece de empáfia ao se postar à porta.

---

[1] No original, o nome é Partenopeu, palavra que deriva de um étimo que significa "virgem". Como o sentido tem relação com o que é mencionado no trecho, optou-se por vertê-lo: Virgínio. (N. do T.)

οὐ μὴν ἀκόμπαστός γ' ἐφίσταται πύλαις·
τὸ γὰρ πόλεως ὄνειδος ἐν χαλκηλάτῳ
σάκει, κυκλωτῷ σώματος προβλήματι, 540
Σφίγγ' ὠμόσιτον προσμεμηχανημένην
γόμφοις ἐνώμα, λαμπρὸν ἔκκρουστον δέμας,
φέρει δ' ὑφ' αὑτῇ φῶτα Καδμείων ἕνα,
ὡς πλεῖστ' ἐπ' ἀνδρὶ τῷδ' ἰάπτεσθαι βέλη.
ἐλθὼν δ' ἔοικεν οὐ καπηλεύσειν μάχην, 545
μακρᾶς κελεύθου δ' οὐ καταισχυνεῖν πόρον,
Παρθενοπαῖος Ἀρκάς. ὁ δὲ τοιόσδ' ἀνὴρ
μέτοικος, Ἄργει δ' ἐκτίνων καλὰς τροφάς,
πύργοις ἀπειλεῖ τοῖσδ' ἃ μὴ κραίνοι θεός.

ΕΤΕΟΚΛΗΣ
εἰ γὰρ τύχοιεν ὧν φρονοῦσι πρὸς θεῶν, 550
αὐτοῖς ἐκείνοις ἀνοσίοις κομπάσμασιν·
ἦ τἂν πανώλεις παγκάκως τ' ὀλοίατο.
ἔστιν δὲ καὶ τῷδ', ὃν λέγεις τὸν Ἀρκάδα,
ἀνὴρ ἄκομπος, χεὶρ δ' ὁρᾷ τὸ δράσιμον,
Ἄκτωρ ἀδελφὸς τοῦ πάρος λελεγμένου· 555
ὃς οὐκ ἐάσει γλῶσσαν ἐργμάτων ἄτερ
ἔσω πυλῶν ῥέουσαν ἀλδαίνειν κακά,
οὐδ' εἰσαμεῖψαι θηρὸς ἐχθίστου δάκους
εἰκὼ φέροντα πολεμίας ἐπ' ἀσπίδος·
ἣ 'ξωθεν εἴσω τῷ φέροντι μέμψεται, 560
πυκνοῦ κροτησμοῦ τυγχάνουσ' ὑπὸ πτόλιν.
θεῶν θελόντων τἂν ἀληθεύσαιμ' ἐγώ.

ΧΟΡΟΣ
ἱκνεῖται λόγος διὰ στηθέων,
τριχὸς δ' ὀρθίας πλόκαμος ἵσταται,
μεγάλα μεγαληγόρων κλυούσᾳ 565

Para afrontar a pólis, na égide bronzi-
lavrada, disco protetor do corpo, a Esfinge
devoradora do alimento cru, o físico 540
brilhante no relevo, infixo por cavilhas.
Sob ela um cádmio é mantido, a fim de ser
acometido pelos dardos que saraivam.
Não tem ares de figurante na refrega,
tampouco esquece a longa rota até aqui, 545
Virgínio árcade. Ele é imigrante e paga
a Ares pela formação de ás. Ameaça
as torres, nenhum deus — afirma — o deteria.

ETÉOCLES
Pudessem receber dos deuses o que sonham 550
para os demais em devaneios impiedosos,
mortos na plenissordidez da plenirruína!
Contra esse tipo de que falas, contra o árcade,
alguém discreto, cuja mão só vê ação,
Áctor, irmão do herói há pouco referido. 555
Não vai deixar que a língua nada afeita a feitos
alimente o revés e escorra porta adentro,
nem passe quem carrega no pavês adverso
o ícone do monstro mais odioso, crítico
de quem o traz ao trom que adensa na refrega 560
sob a muralha da cidade. Se anuírem
os numes, há de ser veraz o que profiro.

CORO
Tua fala entra-me no peito,
fio a fio, eriçam-me os cabelos,
quando ouço a infinda, infindarenga

ἀνοσίων ἀνδρῶν. εἴθε γὰρ
θεοὶ τοῦδ' ὀλέσειαν ἐν γᾷ.

ΚΑΤΑΣΚΟΠΟΣ
ἕκτον λέγοιμ' ἂν ἄνδρα σωφρονέστατον,
ἀλκήν τ' ἄριστον μάντιν, Ἀμφιάρεω βίαν·
Ὁμολωίσιν δὲ πρὸς πύλαις τεταγμένος   570
κακοῖσι βάζει πολλὰ Τυδέως βίαν,
τὸν ἀνδροφόντην, τὸν πόλεως ταράκτορα,
μέγιστον Ἄργει τῶν κακῶν διδάσκαλον,
Ἐρινύος κλητῆρα, πρόσπολον φόνου,
κακῶν τ' Ἀδράστῳ τῶνδε βουλευτήριον.   575
καὶ τὸν σὸν αὖθις προσθροῶν ὁμόσπορον,
ἐξυπτιάζων ὄμμα, Πολυνείκους βίαν,
δίς τ' ἐν τελευτῇ τοὔνομ' ἐνδατούμενος,
καλεῖ. λέγει δὲ τοῦτ' ἔπος διὰ στόμα·
'ἦ τοῖον ἔργον καὶ θεοῖσι προσφιλές   580
καλόν τ' ἀκοῦσαι καὶ λέγειν μεθυστέροις,
πόλιν πατρῴαν καὶ θεοὺς τοὺς ἐγγενεῖς
πορθεῖν, στράτευμ' ἐπακτὸν ἐμβεβληκότα;
μητρός τε πηγὴν τίς κατασβέσει δίκη;
πατρίς τε γαῖα σῆς ὑπὸ σπουδῆς δορὶ   585
ἁλοῦσα πῶς σοι ξύμμαχος γενήσεται;
ἔγωγε μὲν δὴ τήνδε πιανῶ χθόνα,
μάντις κεκευθὼς πολεμίας ὑπὸ χθονός.
μαχώμεθ', οὐκ ἄτιμον ἐλπίζω μόρον.'
τοιαῦθ' ὁ μάντις ἀσπίδ' εὐκήλως ἔχων   590
πάγχαλκον ηὔδα. σῆμα δ' οὐκ ἐπῆν κύκλῳ·
οὐ γὰρ δοκεῖν ἄριστος, ἀλλ' εἶναι θέλει,
βαθεῖαν ἄλοκα διὰ φρενὸς καρπούμενος,
ἐξ ἧς τὰ κεδνὰ βλαστάνει βουλεύματα.

de homens ímpios.
Que os deuses, sim, que os deuses queiram
solapá-los dos páramos!

ESPIÃO
Refiro o sexto, o vate mais sapiencial,
guerreiro aguerrido, o forte Anfiarau.
Postado sobre a porta Homoloíde, é crítico
contumaz de Tideu impávido: "assassino",
"conturbador de cidadela", "instrutor
do horror que há na querela", "arauto das Erínias",
"preposto da Carnagem", "aconselhador
de Adrasto nos horrores bélicos de agora".
Depois, de novo, dirigiu-se a teu irmão,
desdobrando a semântica do nome próprio
numa escansão: p-o-l-i-n-e-f-a-n-d-o Polinices,
e sua boca proferiu o que repito:
"Será que ação assim apraz aos deuses, bela
de ouvir e de contar nos tempos que virão,
saquear a própria cidadela e os deuses íncolas,
encabeçando o exército de alienígenas?
Que pleito justifica aniquilar a fonte-
-mãe? Se dobrares com tua lança a terra ancestre,
supões que assim conquistarás uma aliada?
Eu mesmo haverei de engordurar a terra,
profeta sepultado sob a terra adversa.
Lutemos! Não desonro — espero — a minha moira."
Falou o vate. Ergueu sereno o escudo todo
em bronze. Não havia efígie no seu bojo,
pois desejava ser, não parecer, o *áristos*,
primaz, lavrando em sua mente o sulco fundo
do qual germinam decisões percucientes.

τούτῳ σοφούς τε κἀγαθοὺς ἀντηρέτας 595
πέμπειν ἐπαινῶ. δεινὸς ὃς θεοὺς σέβει.

ΕΤΕΟΚΛΗΣ

φεῦ τοῦ ξυναλλάσσοντος ὄρνιθος βροτοῖς
δίκαιον ἄνδρα τοῖσι δυσσεβεστέροις.
ἐν παντὶ πράγει δ' ἔσθ' ὁμιλίας κακῆς
κάκιον οὐδέν, καρπὸς οὐ κομιστέος. 600
ἢ γὰρ ξυνεισβὰς πλοῖον εὐσεβὴς ἀνὴρ
ναύταισι θερμοῖς καὶ πανουργίᾳ τινὶ
ὄλωλεν ἀνδρῶν σὺν θεοπτύστῳ γένει,
ἢ ξὺν πολίταις ἀνδράσιν δίκαιος ὢν 605
ἐχθροξένοις τε καὶ θεῶν ἀμνήμοσιν,
ταὐτοῦ κυρήσας ἐκδίκως ἀγρεύματος,
πληγεὶς θεοῦ μάστιγι παγκοίνῳ 'δάμη.
οὕτως δ' ὁ μάντις, υἱὸν Οἰκλέους λέγω,
σώφρων δίκαιος ἀγαθὸς εὐσεβὴς ἀνήρ, 610
μέγας προφήτης, ἀνοσίοισι συμμιγεὶς
θρασυστόμοισιν ἀνδράσιν βίᾳ φρενῶν,
τείνουσι πομπὴν τὴν μακρὰν πάλιν μολεῖν,
Διὸς θέλοντος ξυγκαθελκυσθήσεται.
δοκῶ μὲν οὖν σφε μηδὲ προσβαλεῖν πύλαις 615
οὐχ ὡς ἄθυμος οὐδὲ λήματος κάκῃ,
ἀλλ' οἶδεν ὥς σφε χρὴ τελευτῆσαι μάχῃ,
εἰ καρπὸς ἔσται θεσφάτοισι Λοξίου·
φιλεῖ δὲ σιγᾶν ἢ λέγειν τὰ καίρια.
ὅμως δ' ἐπ' αὐτῷ φῶτα, Λασθένους βίαν, 620
ἐχθρόξενον πυλωρὸν ἀντιτάξομεν,
γέροντα τὸν νοῦν, σάρκα δ' ἡβῶσαν φύει,
ποδώκες ὄμμα, χεῖρα δ' οὐ βραδύνεται
παρ' ἀσπίδος γυμνωθὲν ἁρπάσαι δόρυ.
θεοῦ δὲ δῶρόν ἐστιν εὐτυχεῖν βροτούς. 625

Louvo se lhe remeta um oponente sábio
e reto: assombra quem venera o nume eterno.

ETÉOCLES

Ai! Agrura do mau agouro, que associa
o justo ao homem ímpio! Faça o que se faça,
a companhia má é o que há de mais nefasto,
um fruto a refugar. Se alguém sem jaça embarca
com nautas sôfregos de ação soez, perece
com a chusma divinorrejeitada, ou,
embora justo, se anda junto com pessoas
hostis aos hóspedes, imêmores dos deuses,
acabará fisgado numa mesma rede
com o injusto, e o látego comum dos numes
o domará, ferido. Assim o adivinho,
refiro-me a Anfiarau, um homem reto e bom,
equilibrado e virtuoso, inigualável
profeta, se meteu — contrário a si mesmo —
com gente sem pudor de verve truculenta,
numa missão cujo retorno distancia-se.
Zeus decidiu: será arrastado com os outros.
Sou da opinião de que não se imporá nas portas,
não por ser vil ou por trazer a alma tíbia,
mas por saber que está fadado a perecer
na guerra, se viger o oráculo de Lóxias.
Mas, em que pese o vate, elejo o bravo Lástenes
para enfrentá-lo, um guardião avesso a adversos.
Mente anciã, efébica musculatura,
olhar de pés velozes, suas mãos não tardam
a vulnerar o ponto que a égide não cobre.
Do deus provém a dádiva do acaso bom.

ΧΟΡΟΣ

κλύοντες θεοὶ δικαίας λιτὰς
ἀμετέρας τελεῖθ', ὡς πόλις εὐτυχῇ,
δορίπονα κάκ' ἐκτρέποντες ἐς γᾶς
ἐπιμόλους· πύργων δ' ἔκτοθεν βαλὼν
Ζεύς σφε κάνοι κεραυνῷ. 630

ΚΑΤΑΣΚΟΠΟΣ

τὸν ἕβδομον δὴ τόνδ' ἐφ' ἑβδόμαις πύλαις
λέξω, τὸν αὐτοῦ σοῦ κασίγνητον, πόλει
οἵας ἀρᾶται καὶ κατεύχεται τύχας·
ἁλώσιμον παιᾶν' ἐπεξιακχάσας· 635
σοὶ ξυμφέρεσθαι καὶ κτανὼν θανεῖν πέλας
ἢ ζῶντ' ἀτιμαστῆρα τὼς ἀνδρηλάτην
φυγῇ τὸν αὐτὸν τόνδε τείσασθαι τρόπον.
τοιαῦτ' αὐτεῖ καὶ θεοὺς γενεθλίους
καλεῖ πατρῴας γῆς ἐπόπτῆρας λιτῶν 640
τῶν ὧν γενέσθαι πάγχυ Πολυνείκους βία.
ἔχει δὲ καινοπηγὲς εὔκυκλον σάκος
διπλοῦν τε σῆμα προσμεμηχανημένον.
χρυσήλατον γὰρ ἄνδρα τευχηστὴν ἰδεῖν
ἄγει γυνή τις σωφρόνως ἡγουμένη. 645
Δίκη δ' ἄρ' εἶναί φησιν, ὡς τὰ γράμματα
λέγει 'κατάξω δ' ἄνδρα τόνδε καὶ πόλιν
ἕξει πατρῴων δωμάτων τ' ἐπιστροφάς.'
τοιαῦτ' ἐκείνων ἐστὶ τἀξευρήματα.
ὡς οὔποτ' ἀνδρὶ τῷδε κηρυκευμάτων
μέμψῃ, σὺ δ' αὐτὸς γνῶθι ναυκληρεῖν πόλιν.

CORO
Deuses ouçam nossas justas litanias
e as concretizem:
prospere a pólis,
à terra dos intrusos torne a dor da lança,
longe dos muros, Zeus os mate com seu raio! 630

ESPIÃO
O sétimo, na porta sete, não é outro
que o teu irmão. Escuta qual destino invoca
e o que roga à cidade: se ele transpuser
as torres, há de se tornar o chefe aqui.
Pela captura entoa um peã de júbilo: 635
ou te eliminará ou morrerá contigo,
ou, caso sobrevivas, há de te exilar,
em paga pelo banimento que sofreu.
Eis o que Polinices grita, ao invocar
os deuses ancestrais do solo avoengo: acolham 640
as litanias repetidas dia a dia!
Empunha o escudo cinzelado há pouco, belo
círculo em cujo bojo apõe-se o emblema duplo:
homem aurilavrado portador de armas
e moça que o encabeça com modéstia. Afirma 645
ser a Justiça, como diz o texto inscrito:
"Este homem guiarei e a pólis de seu pai
terá e o paço em que passe a circular."
Tais os estratagemas desses homens. Manda
quem for mais conveniente. Fui tão só o arauto. 650
Decide como pilotar a nau da urbe.

   [O espião sai]

ΕΤΕΟΚΛΗΣ
ὦ θεομανές τε καὶ θεῶν μέγα στύγος,
ὦ πανδάκρυτον ἁμὸν Οἰδίπου γένος·
ὤμοι, πατρὸς δὴ νῦν ἀραὶ τελεσφόροι. 655
ἀλλ' οὔτε κλαίειν οὔτ' ὀδύρεσθαι πρέπει,
μὴ καὶ τεκνωθῇ δυσφορώτερος γόος.
ἐπωνύμῳ δὲ κάρτα, Πολυνείκει λέγω,
τάχ' εἰσόμεσθα τοὐπίσημ' ὅποι τελεῖ,
εἴ νιν κατάξει χρυσότευκτα γράμματα 660
ἐπ' ἀσπίδος φλύοντα σὺν φοίτῳ φρενῶν.
εἰ δ' ἡ Διὸς παῖς παρθένος Δίκη παρῆν
ἔργοις ἐκείνου καὶ φρεσίν, τάχ' ἂν τόδ' ἦν·
ἀλλ' οὔτε νιν φυγόντα μητρόθεν σκότον,
οὔτ' ἐν τροφαῖσιν, οὔτ' ἐφηβήσαντά πω, 665
οὔτ' ἐν γενείου ξυλλογῇ τριχώματος,
Δίκη προσεῖδε καὶ κατηξιώσατο·
οὐδ' ἐν πατρῴας μὴν χθονὸς κακουχίᾳ
οἶμαί νιν αὐτῷ νῦν παραστατεῖν πέλας.
ἦ δῆτ' ἂν εἴη πανδίκως ψευδώνυμος 670
Δίκη, ξυνοῦσα φωτὶ παντόλμῳ φρένας.
τούτοις πεποιθὼς εἶμι καὶ ξυστήσομαι
αὐτός· τίς ἄλλος μᾶλλον ἐνδικώτερος;
ἄρχοντί τ' ἄρχων καὶ κασιγνήτῳ κάσις,
ἐχθρὸς σὺν ἐχθρῷ στήσομαι. φέρ' ὡς τάχος 675
κνημῖδας, αἰχμῆς καὶ πέτρων προβλήματα.

ΧΟΡΟΣ
μή, φίλτατ' ἀνδρῶν, Οἰδίπου τέκος, γένῃ
ὀργὴν ὁμοῖος τῷ κάκιστ' αὐδωμένῳ·
ἀλλ' ἄνδρας Ἀργείοισι Καδμείους ἅλις
ἐς χεῖρας ἐλθεῖν· αἷμα γὰρ καθάρσιον. 680

ETÉOCLES

Estirpe de Édipo divinoensandecida,
adversa aos deuses, pluripranteada, a minha.
Ora culminam *Aras*, maldições paternas. 655
Impõe-se-me suster o choro e o lamento
que dão vazão a insofreável sofrimento.
Se adequa ao nome Polinices: Poli-hostil.
O que o brasão encerra logo saberemos,
se o guiarão as letras de ouro sobre o escudo 660
com as borbulhas do raciocinar sem rumo.
Regera sua mente e ação Justiça virgem,
é o que teria ocorrido, mas nem mesmo
quando fugiu do ventre escuro maternal,
nem na infância, nem na adolescência, nem 665
quando a penugem despontou no rosto glabro,
obteve olhar de aprovação da justa Dike,
tampouco agora, quando sonha em destruir
a terra de ancestrais, a traz em seu cortejo.
Plenijustificadamente um pseudonome 670
seria Justiça, unida a alguém capaz de tudo.
Não por outro motivo, eu mesmo o enfrentarei.
Quem o faria com maior justiça? Arconte
contrário a arconte, irmão avesso a irmão, rival
contra rival. As grevas peço que me tragas, 675
pois me protegerão das flechas e das pedras.

[Etéocles começa a vestir sua armadura]

CORO

Que a fúria não te iguale, caro filho de Édipo,
a quem é dado a proferir iniquidades!
É suficiente que os heróis cadmeus golpeiem
argivos, pois o sangue é purificável, 680

ἀνδροῖν δ' ὁμαίμοιν θάνατος ὧδ' αὐτοκτόνος,
οὐκ ἔστι γῆρας τοῦδε τοῦ μιάσματος.

ΕΤΕΟΚΛΗΣ

εἴπερ κακὸν φέροι τις, αἰσχύνης ἄτερ
ἔστω· μόνον γὰρ κέρδος ἐν τεθνηκόσι·
κακῶν δὲ κἀσχρῶν οὔτιν' εὐκλείαν ἐρεῖς.   685

ΧΟΡΟΣ

τί μέμονας, τέκνον; μή τί σε θυμοπλη-
θὴς δορίμαργος ἄτα φερέτω· κακοῦ δ'
ἔκβαλ' ἔρωτος ἀρχάν.

ΕΤΕΟΚΛΗΣ

ἐπεὶ τὸ πρᾶγμα κάρτ' ἐπισπέρχει θεός,
ἴτω κατ' οὖρον κῦμα Κωκυτοῦ λαχὸν   690
Φοίβῳ στυγηθὲν πᾶν τὸ Λαΐου γένος.

ΧΟΡΟΣ

ὠμοδακής σ' ἄγαν ἵμερος ἐξοτρύ-
νει πικρόκαρπον ἀνδροκτασίαν τελεῖν
αἵματος οὐ θεμιστοῦ.

ΕΤΕΟΚΛΗΣ

φίλου γὰρ ἐχθρά μοι πατρὸς τάλαιν' ἀρὰ   695
ξηροῖς ἀκλαύτοις ὄμμασιν προσιζάνει,
λέγουσα κέρδος πρότερον ὑστέρου μόρου.

ΧΟΡΟΣ

ἀλλὰ σὺ μὴ 'ποτρύνου· κακὸς οὐ κεκλή-
σῃ βίον εὖ κυρήσας· μελάναιγις δ'· οὐκ

já homossanguíneos em recíproco homicídio...
é o caso de um miasma nunca envelhecível.

ETÉOCLES
Se alguém sofre um revés, suporte-o sem manchar
o próprio nome. Nisso se resume o ganho
de um morto. O vil e o torpe desconhecem loas. 685

CORO
O que te aturde, filho? Evita que te guie
a ruína lanciamarga ânimabarcante!
Extirpa o esteio do eros do revés!

ETÉOCLES
Um deus impele à ação e o vento leve às ôndulas
consignadas do Cócito a estirpe de Édipo 690
a que Apolo só devota ódio.

CORO
O afã crudivoraz sem peias te espicaça
à conclusão do morticídio frutiamaro
de ilícita sangria.

ETÉOCLES
Sim, de *Ara*, Maldição odiosa de meu pai, 695
com olho seco, avesso a lágrimas, ao lado
ouvi: "Primeiro vem o ganho e, então, a morte".

CORO
Mas não aguces o aguilhão. Ninguém dirá
que és vil, se optares por viver. Erínia, negro

εἶσι δόμων Ἐρινύς, ὅταν ἐκ χερῶν 700
θεοὶ θυσίαν δέχωνται;

ΕΤΕΟΚΛΗΣ

θεοῖς μὲν ἤδη πως παρημελήμεθα,
χάρις δ' ἀφ' ἡμῶν ὀλομένων θαυμάζεται;
τί οὖν ἔτ' ἂν σαίνοιμεν ὀλέθριον μόρον;

ΧΟΡΟΣ

νῦν ὅτε σοι παρέστακεν, ἐπεὶ δαίμων 705
λήματος ἐν τροπαίᾳ χρονίᾳ μεταλ-
λακτὸς ἴσως ἂν ἔλθοι θελεμωτέρῳ
πνεύματι· νῦν δ' ἔτι ζεῖ.

ΕΤΕΟΚΛΗΣ

ἐξέζεσεν γὰρ Οἰδίπου κατεύγματα·
ἄγαν δ' ἀληθεῖς ἐνυπνίων φαντασμάτων 710
ὄψεις, πατρῴων χρημάτων δατήριοι.

ΧΟΡΟΣ

πιθοῦ γυναιξί, καίπερ οὐ στέργων ὅμως.

ΕΤΕΟΚΛΗΣ

λέγοιτ' ἂν ὧν ἄνη τις· οὐδὲ χρὴ μακράν.

ΧΟΡΟΣ

μὴ 'λθῃς ὁδοὺς σὺ τάσδ' ἐφ' ἑβδόμαις πύλαις.

ΕΤΕΟΚΛΗΣ

τεθηγμένον τοί μ' οὐκ ἀπαμβλυνεῖς λόγῳ. 715

escudo, assim que aos deuses sacrifiques, não 700
há de restar em tua moradia.

ETÉOCLES
Os deuses — creio — não se ocupam mais de nós.
A nossa morte é a graça que os maravilha.
Por que encolher a cauda quando a moira finda?

CORO
Espera que a teu lado ela assome. Gira 705
o tempo, e o dâimon, transmudando seu desígnio,
quem sabe se aproxime com ressopro mais
propício, pois agora ainda ebole.

ETÉOCLES
Sim, as imprecações de Édipo ebuliram.
Hiperverazes as visões fantasmagóricas 710
dos sonhos, quando os bens do pai são divididos.

CORO
Ouve as mulheres, mesmo que isso não te agrade!

ETÉOCLES
Podes dizer o que auxilie, mas sê sucinta!

CORO
Evita dirigir-te ao sétimo portão.

ETÉOCLES
Afiado como estou, tua fala não me embota. 715

ΧΟΡΟΣ
νίκην γε μέντοι καὶ κακὴν τιμᾷ θεός.

ΕΤΕΟΚΛΗΣ
οὐκ ἄνδρ' ὁπλίτην τοῦτο χρὴ στέργειν ἔπος.

ΧΟΡΟΣ
ἀλλ' αὐτάδελφον αἷμα δρέψασθαι θέλεις;

ΕΤΕΟΚΛΗΣ
θεῶν διδόντων οὐκ ἂν ἐκφύγοις κακά.

ΧΟΡΟΣ
πέφρικα τὰν ὠλεσίοικον 720
θεόν, οὐ θεοῖς ὁμοίαν,
παναλαθῆ κακόμαντιν
πατρὸς εὐκταίαν Ἐρινὺν
τελέσαι τὰς περιθύμους
κατάρας Οἰδιπόδα βλαψίφρονος· 725
παιδολέτωρ δ' ἔρις ἅδ' ὀτρύνει.

ξένος δὲ κλήρους ἐπινωμᾷ,
Χάλυβος Σκυθᾶν ἄποικος,
κτεάνων χρηματοδαίτας
πικρός, ὠμόφρων σίδαρος, 730
χθόνα ναίειν διαπήλας,
ὁπόσαν καὶ φθιμένοισιν κατέχειν,
τῶν μεγάλων πεδίων ἀμοίρους.

ἐπεὶ δ' ἂν αὐτοκτόνως
αὐτοδάικτοι θάνωσι, καὶ γαῖα κόνις 735

CORO
Mesmo sem glória, a divindade honra a vitória.

ETÉOCLES
Ponto de vista intolerável para o hoplita.

CORO
Mas desejas ceifar o sangue de um irmão?

ETÉOCLES
Quem foge ao mal, quando é uma dádiva divina?

[Etéocles sai]

CORO
A deusa arrasa-lar me faz tremer.   720
Difere de outras divindades,
profético-funesta pleniveraz,
Erínia invocada pelo pai.
Cumpre as imprecações febris
de Édipo, mentinsano.   725
Éris, Discórdia, filialgoz açula.

E um estrangeiro distribui as sortes,
Cálibe, originário da Cítia,
árido rateador de propriedades,
Ferro, menticruel.   730
Sorteou a gleba em que habitassem,
quanta é dada aos mortos possuir
sem a moira dos plainos imensuráveis.

Quando em assassínios mútuos mútuoalgozes
morram, e o pó do solo sorva   735

πίῃ μελαμπαγὲς αἷμα φοίνιον,
τίς ἂν καθαρμοὺς πόροι,
τίς ἂν σφε λούσειεν; ὦ
πόνοι δόμων νέοι παλαι-   740
οῖσι συμμιγεῖς κακοῖς.

παλαιγενῆ γὰρ λέγω
παρβασίαν ὠκύποινον, αἰῶνα δ' ἐς τρίτον
μένει, Ἀπόλλωνος εὖτε Λάιος   745
βίᾳ, τρὶς εἰπόντος ἐν
μεσομφάλοις Πυθικοῖς
χρηστηρίοις θνᾴσκοντα γέν-
νας ἄτερ σῴζειν πόλιν,

κρατηθεὶς δ' ἐκ φίλων ἀβουλιᾶν   750
ἐγείνατο μὲν μόρον αὑτῷ,
πατροκτόνον Οἰδιπόδαν,
ὅστε ματρὸς ἁγνὰν
σπείρας ἄρουραν, ἵν' ἐτράφη,
ῥίζαν αἱματόεσσαν   755
ἔτλα· παράνοια συνᾶγε
νυμφίους φρενώλεις.

κακῶν δ' ὥσπερ θάλασσα κῦμ' ἄγει
τὸ μὲν πίτνον, ἄλλο δ' ἀείρει
τρίχαλον, ὃ καὶ περὶ πρύμ-   760
ναν πόλεως καχλάζει.
μεταξὺ δ' ἀλκὰ δι' ὀλίγου
τείνει, πύργος ἐν εὔρει.
δέδοικα δὲ σὺν βασιλεῦσι
μὴ πόλις δαμασθῇ.   765

cruor negrifluente,
quem cuidaria da catarse?
Quem os depura?
Reveses novos mesclam-se aos antigos
da moradia. 740

Refiro a violação de geração antiga
e punição agílima.
Perdura na terceira quando Laio
desafiou Apolo, 745
que em triplo vaticínio
insiste no ônfalo da terra em Pito:
morrendo sem herdeiro, a urbe salvaria.

Submisso ao querer irresoluto, 750
pariu a moira para si,
Édipo, o parricida,
semeador da leiva sacra maternal
que o alimentara,
e suportou raiz sanguinolenta: 755
mente demente conduziu
noivos frenéticos.

Um mar adverso arrasta a vaga:
amaina uma, alteia outra ao triplo
e estronda à popa da cidade. 760
E no entremeio o bastião prolonga-se
da muralha magra.
Temo que tombem reis e urbe. 765

τελειᾶν γὰρ παλαιφάτων ἀρᾶν
βαρεῖαι καταλλαγαί·
τὰ δ' ὀλοὰ πελόμεν' οὐ παρέρχεται.
πρόπρυμνα δ' ἐκβολὰν φέρει
ἀνδρῶν ἀλφηστᾶν   770
ὄλβος ἄγαν παχυνθείς.

τίν' ἀνδρῶν γὰρ τοσόνδ' ἐθαύμασαν
θεοὶ καὶ ξυνέστιοι πόλεος ὁ
πολύβατός τ' ἀγὼν βροτῶν,
ὅσον τότ' Οἰδίπουν τίον,   775
τὰν ἁρπαξάνδραν
κῆρ' ἀφελόντα χώρας;

ἐπεὶ δ' ἀρτίφρων
ἐγένετο μέλεος ἀθλίων
γάμων, ἐπ' ἄλγει δυσφορῶν   780
μαινομένᾳ κραδίᾳ
δίδυμα κάκ' ἐτέλεσεν·
πατροφόνῳ χερὶ τῶν
†κρεισσοτέκνων† ὀμμάτων ἐπλάγχθη,

τέκνοις δ' ἀγρίας ἐφῆκεν   785
ἐπικότους τροφᾶς, αἰαῖ,
πικρογλώσσους ἀράς,
καί σφε σιδαρονόμῳ
διὰ χερί ποτε λαχεῖν
κτήματα· νῦν δὲ τρέω   790
μὴ τελέσῃ καμψίπους Ἐρινύς.

Cumpre-se o árduo reencontro
com a *Ara* de outrora: Maldição.
O que morreu não passa ao largo.
Riqueza de excessiva adiposidade
arroja pela popa 770
a carga de homens opulentos.

Pois que homem os deuses admiraram mais,
e os nativos da pólis
e a multifrequentada praça das gentes,
que Édipo, 775
algoz da Quere anula-humanos da região?

Tão logo o miserável se apercebe
do consórcio funesto,
sob o pesar da sobredor, 780
ensandecendo o coração,
desfecha duplo revés:
mão parricida fura a órbita
da vista,

e, implacável com os filhos 785
por detestável desapuro,
atira a maldição da linguacídula:
mãos de ferro haverão de disputar o lote
de suas benesses.
Temo agora que a Erínia o cumpra, 790
unhas recurvas.

   [Um mensageiro entra vindo do campo de batalha]

ΑΓΓΕΛΟΣ
θαρσεῖτε, παῖδες μητέρων τεθραμμέναι.
<   >
πόλις πέφευγεν ἥδε δούλιον ζυγόν.
πέπτωκεν ἀνδρῶν ὀβρίμων κομπάσματα,
πόλις δ' ἐν εὐδίᾳ τε καὶ κλυδωνίου						795
πολλαῖσι πληγαῖς ἄντλον οὐκ ἐδέξατο.
στέγει δὲ πύργος, καὶ πύλας φερεγγύοις
ἐφραξάμεσθα μονομάχοισι προστάταις.
καλῶς ἔχει τὰ πλεῖστ', ἐν ἓξ πυλώμασι·
τὰς δ' ἑβδόμας ὁ σεμνὸς ἑβδομαγέτης						800
ἄναξ Ἀπόλλων εἵλετ', Οἰδίπου γένει
κραίνων παλαιὰς Λαΐου δυσβουλίας.

ΧΟΡΟΣ
τί δ' ἔστι πρᾶγμα νεόκοτον πόλει πλέον;

ΑΓΓΕΛΟΣ
[πόλις σέσωσται· βασιλέες δ' ὁμόσποροι —]
ἄνδρες τεθνᾶσιν ἐκ χερῶν αὐτοκτόνων.						805

ΧΟΡΟΣ
τίνες; τί δ' εἶπας; παραφρονῶ φόβῳ λόγου.

ΑΓΓΕΛΟΣ
φρονοῦσα νῦν ἄκουσον· Οἰδίπου τόκοι —

ΧΟΡΟΣ
οἲ 'γὼ τάλαινα, μάντις εἰμὶ τῶν κακῶν.

ΑΓΓΕΛΟΣ
οὐδ' ἀμφιλέκτως μὴν κατεσποδημένοι —

MENSAGEIRO
Filhas de nobres cádmias, ânimo, coragem
<   >
A cidadela escapou do jugo escravo.
Caiu por terra a presunção de homens duros.
A urbe, como quando o céu é azul e a onda 795
reflui, não acumula água na sentina.
Nos muros não há risco. À frente dos portais,
cerrados, impusemo-nos na rusga única.
Sucesso pleno de beleza em seis das portas,
mas já na sétima, augusto septenário, 800
Apolo predomina e contra a estirpe de Édipo
cumpriu as decisões equívocas de Laio.

CORO
Que outro revés impronunciável nos abate?

MENSAGEIRO
[A cidade está salva, mas os reis irmãos...]
Os dois irmãos morreram de assassínio mútuo. 805

CORO
Como é? Com medo penso à margem da razão.

MENSAGEIRO
Recobra a lucidez e escuta: os filhos de Édipo...

CORO
Desgraça! Arvoro-me em profeta da catástrofe!

MENSAGEIRO
O certo é que se encontram sob o pó, sem vida.

ΧΟΡΟΣ

ἐκεῖθι κεῖσθον; βαρέα δ' οὖν ὅμως φράσον. 810

ΑΓΓΕΛΟΣ

αὐτοὺς ὁμαίμοις χερσὶν ἠναίροντ' ἄγαν.
οὕτως ὁ δαίμων κοινὸς ἦν ἀμφοῖν ἅμα,
αὐτὸς δ' ἀναλοῖ δῆτα δύσποτμον γένος.
τοιαῦτα χαίρειν καὶ δακρύεσθαι πάρα,
πόλιν μὲν εὖ πράσσουσαν, οἱ δ' ἐπιστάται, 815
δισσὼ στρατηγώ, διέλαχον σφυρηλάτῳ
Σκύθῃ σιδήρῳ κτημάτων παμπησίαν·
ἕξουσι δ' ἣν λάβωσιν ἐν ταφῇ χθονός,
πατρὸς κατ' εὐχὰς δυσπότμως φορούμενοι.

ΧΟΡΟΣ

ὦ μεγάλε Ζεῦ καὶ πολιοῦχοι
δαίμονες, οἳ δὴ Κάδμου πύργους
τούσδε ῥύεσθε,
πότερον χαίρω κἀπολολύξω 825
πόλεως ἀσινεῖ †σωτῆρι†,
ἢ τοὺς μογεροὺς καὶ δυσδαίμονας
ἀτέκνους κλαύσω πολεμάρχους;
οἳ δῆτ' ὀρθῶς κατ' ἐπωνυμίαν
καὶ πολυνεικεῖς 830
ὤλοντ' ἀσεβεῖ διανοίᾳ.

ὦ μέλαινα καὶ τελεία
γένεος Οἰδίπου τ' ἀρά,
κακόν με καρδίαν τι περιπίτνει κρύος.
ἔτευξα τύμβῳ μέλος 835
Θυιὰς αἱματοσταγεῖς

CORO

Mortos ali? Me dói ouvir, mas nada escondas! 810

MENSAGEIRO

Por mãos de irmãos germanos se mataram ambos.
Assim o dâimon de ambos foi um só, idêntico,
ele mesmo aniquila a raça de má sina.
Razões sobejam para lágrima e alegria.
A urbe foi bem-sucedida, mas aos chefes, 815
aos generais, a acha de aço cítio, aos dois,
propicia a partilha plena de benesses.
Terão a terra que abraçarem no sepulcro,
desgraça a que os arrasta o que o pai rogou.

[O mensageiro sai]

CORO

Ó magno Zeus! Ó numes tutelares da urbe! 822
Defesas das muralhas cádmias,
ululo em júbilo
pela preservação do burgo intacto 825
ou choro o revés do dâimon adverso
de chefes bélicos sem filhos,
os nomeados coerentemente,
ecoando ao céu, Etéocles,
polinefasto Polinices, 830
vítimas do pensamento ímpio?

Ó *Ara* negra, Maldição final
da estirpe de Édipo!
O frio do horror me aperta o coração.
Compus a melodia do sepulcro 835
frenética à audição do sangue gotejando

νεκροὺς κλύουσα δυσμόρως
θανόντας· ἣ δύσορνις ἅ-
δε ξυναυλία δορός.

ἐξέπραξεν, οὐδ' ἀπεῖπεν 840
πατρόθεν εὐκταία φάτις·
βουλαὶ δ' ἄπιστοι Λαΐου διήρκεσαν.
μέριμνα δ' ἀμφὶ πτόλιν·
θέσφατ' οὐκ ἀμβλύνεται.
ἰὼ πολύστονοι, τόδ' ἠρ- 845
γάσασθ' †ἄπιστον†· ἦλθε δ' αἰ-
ακτὰ πήματ' οὐ λόγῳ.

τάδ' αὐτόδηλα, προὖπτος ἀγγέλου λόγος·
διπλαῖ μέριμναι, †διδυμάνορα† κάκ'
αὐτοφόνα, δίμοιρα τέλεια τάδε πάθη. τί φῶ; 850
τί δ' ἄλλο γ' ἢ πόνοι πόνων δόμων ἐφέστιοι;
ἀλλὰ γόων, ὦ φίλαι, κατ' οὖρον
ἐρέσσετ' ἀμφὶ κρατὶ πόμπιμον χεροῖν 855
πίτυλον, ὃς αἰὲν δι' Ἀχέροντ' ἀμείβεται
τὰν ἄστολον μελάγκροκον
ναύστολον θεωρίδα,
τὰν ἀστιβῆ Ἀπόλλωνι, τὰν ἀνάλιον
πάνδοκον εἰς ἀφανῆ τε χέρσον. 860

ἀλλὰ γὰρ ἥκουσ' αἵδ' ἐπὶ πρᾶγος
πικρὸν Ἀντιγόνη τ' ἠδ' Ἰσμήνη,
θρῆνον ἀδελφοῖν οὐκ ἀμφιβόλως

amaramente a moira dos cadáveres.
De mau agouro o dueto das lanças.

Cumpriu-se a fala nada vã 840
do pai que praguejou.
Perduram as desobedientes decisões de Laio.
Ansiedade ronda a pólis.
Oráculos não esmorecem. 845
Ó par de muitos prantos! Obrou-se
o não crível.
E acre chega a agrura, não pela linguagem.

*[Os corpos de Etéocles e Polinices são trazidos
e colocados lado a lado]*

Os fatos se autoevidenciam.
É claro o que falou o mensageiro.
A dor redobra em dupliumano amargor. 850
Dores do autoassassínio, duplamoira,
que no sofrer se cumpre. O que direi
senão que a dor é o larário da morada?
Amigas, sob o vendaval do pranto bordejai,
com remo norteador das mãos à testa, 855
utilizável na passagem do Aqueronte,
nave negriaçafrão em sacro périplo sem volta,
sem sol, sem que a frequente Apolo,
eira invisível plenirreceptiva. 860

[Entram Antígone e Ismene]

Mas eis que se avizinham,
para o dever amargo,
Antígone e Ismene.

οἶμαί σφ' ἐρατῶν ἐκ βαθυκόλπων
στηθέων ἥσειν ἄλγος ἐπάξιον. 865
ἡμᾶς δὲ δίκη πρότερον φήμης
<   >
τὸν δυσκέλαδόν θ' ὕμνον Ἐρινύος
ἰαχεῖν Ἀίδα τ'
ἐχθρὸν παιᾶν' ἐπιμέλπειν.
ἰώ 870
δυσαδελφόταται πασῶν ὁπόσαι
στρόφον ἐσθῆσιν περιβάλλονται,
κλαίω, στένομαι, καὶ δόλος οὐδεὶς
μὴ 'κ φρενὸς ὀρθῶς με λιγαίνειν.

ΗΜΙΧΟΡΙΟΝ Α
ἰὼ ἰὼ δύσφρονες,
φίλων ἄπιστοι καὶ κακῶν ἀτρύμονες, 875
δόμους πατρῴους ἑλόν-
τες μέλεοι σὺν αἰχμᾷ.

ΗΜΙΧΟΡΙΟΝ Β
μέλεοι δῆθ' οἳ μελέους θανάτους
εὕροντο δόμων ἐπὶ λύμῃ.

ΗΜΙΧΟΡΙΟΝ Α
ἰὼ ἰὼ δωμάτων 880
ἐρειψίτοιχοι καὶ πικρὰς μοναρχίας
ἰδόντες, ἤδη διήλ-
λαχθε σὺν σιδάρῳ. 885

ΗΜΙΧΟΡΙΟΝ Β
κάρτα δ' ἀληθῆ πατρὸς Οἰδιπόδα
πότνι' Ἐρινὺς ἐπέκρανεν.

Creio que emitirão um treno nada ambíguo
pelos dois irmãos
da profundeza amorosa do regaço.
A dor se impõe. 865
Mas, antes que se pronunciem,
é justo ecoar o hino estrídulo da Erínia,
cantar o odioso peã do Hades.
Oh! 870
Desirmanadíssimas de quantas
cingem as faixas nas vestes!
Choro, lamento! Inexiste ardil
que evite evadir da mente o pranto.

SEMICORO A

Oh, insensatos!
Sem fé em teus amigos, insaciáveis de desastre! 875
É vão capturar à lança
a morada paterna!

SEMICORO B

Miseráveis, descobrem a miséria da morte
na ruína da casa.

SEMICORO A

Derruído o muro da moradia, 880
no vislumbre amargo da monarquia,
o ferro agora vos reconcilia.

SEMICORO B

A Erínia augusta de Édipo, do pai,
concretiza a verdade que excede. 885

ΗΜΙΧΟΡΙΟΝ Α
δι' εὐωνύμων τετυμμένοι,
τετυμμένοι δῆθ', ὁμο-
σπλάγχνων τε πλευρωμάτων 890
< >
αἰαῖ δαιμόνιοι,
αἰαῖ δ' ἀντιφόνων θανάτων ἀραί.

ΗΜΙΧΟΡΙΟΝ Β
διανταίαν λέγεις πλαγὰν δόμοισι καὶ 895
σώμασιν πεπλαγμένους, ἐννέπω
ἀναυδάτῳ μένει
ἀραίῳ τ' ἐκ πατρὸς
οὐ διχόφρονι πότμῳ.

ΗΜΙΧΟΡΙΟΝ Α
διήκει δὲ καὶ πόλιν στόνος· 900
στένουσι πύργοι, στένει
πέδον φίλανδρον· μένει
κτέανα †δ' ἐπιγόνοις†,
δι' ὧν αἰνομόροις,
δι' ὧν νεῖκος ἔβα καὶ θανάτου τέλος. 905

ΗΜΙΧΟΡΙΟΝ Β
ἐμοιράσαντο δ' ὀξυκάρδιοι
κτήμαθ', ὥστ' ἴσον λαχεῖν.
διαλλακτῆρι δ' οὐκ
ἀμεμφεία φίλοις,
οὐδ' ἐπίχαρις Ἄρης. 910

ΗΜΙΧΟΡΙΟΝ Α
σιδαρόπλακτοι μὲν ὧδ' ἔχουσιν,

SEMICORO A
Abatidos no flanco esquerdo,
sim, abatidos!
Pleuras moldadas na mesma entranha.
< >
Ai! Dâimones-demônios!
Ai! *Aras*! Maldições recíprocas de tânatos!

SEMICORO B
Como dizes, os corpos golpeados
e as moradas
pelo arrojo sem voz
e pela maldição do pai
nada ambígua em sua sina.

SEMICORO A
O pranto atravessa a cidadela.
Pranteiam as muralhas,
pranteia a senda receptiva.
Posses no aguardo de gerações futuras.
Por causa delas, o fado funesto.
Por causa delas, a rixa, a morte e seu desfecho.

SEMICORO B
Ágeis-irascíveis, dividem a moira das posses,
de modo a haver similitude nos lotes.
Aos amigos o reconciliador
é censurável,
Ares, desaire.

SEMICORO A
Ferriferidos estão como estão,

σιδαρόπλακτοι δὲ τοὺς μένουσι,
τάχ' ἄν τις εἴποι, τίνες;
τάφων πατρῴων λαχαί.

ΗΜΙΧΟΡΙΟΝ Β
ὅδ' ἁμῶν μάλ' ἀχέτας τοὺς   915
προπέμπει δαϊκτὴρ
γόος αὐτόστονος, αὐτοπήμων,
δαϊόφρων [δ'·], οὐ φιλογα-
θής, ἐτύμως δακρυχέων
ἐκ φρενός, ἃ κλαιομένας μου μινύθει   920
τοῖνδε δυοῖν ἀνάκτοιν.

ΗΜΙΧΟΡΙΟΝ Α
πάρεστι δ' εἰπεῖν ἐπ' ἀθλίοισιν
ὡς ἐρξάτην πολλὰ μὲν πολίτας,
ξένων τε πάντων στίχας
πολυφθόρους ἐν δαΐ.   925

ΗΜΙΧΟΡΙΟΝ Β
δυσδαίμων σφιν ἁ τεκοῦσα
πρὸ πασᾶν γυναικῶν
ὁπόσαι τεκνογόνοι κέκληνται.
παῖδα τὸν αὑτᾶς πόσιν αὑ-
τᾷ θεμένα τούσδ' ἔτεχ', οἱ δ'   930
ὧδ' ἐτελεύτασαν ὑπ' ἀλλαλοφόνοις
χερσὶν ὁμοσπόροισιν.

ΗΜΙΧΟΡΙΟΝ Α
ὁμόσποροι δῆτα καὶ πανώλεθροι,
διατομαῖς οὐ φίλοις,

ferriferidos aguardam-nos,
alguém demandaria, aguardam quem?,
lotes da tumba pátria.

SEMICORO B
Escolta-os o pranto intenso do paço,
gemente em si, penoso em si,
ânimarruinado,
avesso da alegria,
pranto veraz do coração que, às lágrimas,
oprime a mim
pela dupla de príncipes.

SEMICORO A
É possível dizer que não foi pouco
o que a dupla infeliz causou aos cidadãos
e ao renque de estrangeiros das lonjuras
plurimortos na rusga.

SEMICORO B
Adverso o dâimon de quem os gerou,
superando quantas
se denominem procriadoras de prole.
Do próprio filho fez marido
antes de procriá-los.
E eles sucumbem ao mútuoassassínio
de mãos irmãs.

SEMICORO A
Irmãs efetivamente e plenianiquiladas
pela partilha desamiga

ἔριδι μαινομένᾳ, 935
νείκεος ἐν τελευτᾷ.

ΗΜΙΧΟΡΙΟΝ Β
πέπαυται δ' ἔχθος, ἐν δὲ γαίᾳ
ζόα φονορύτῳ
μέμεικται· κάρτα δ' εἴσ' ὅμαιμοι. 940
πικρὸς λυτὴρ νεικέων ὁ πόντιος
ξεῖνος ἐκ πυρὸς συθεὶς
θακτὸς σίδαρος· πικρὸς δὲ χρημάτων
κακὸς δατητὰς Ἄρης ἀρὰν πατρῴ- 945
αν τιθεὶς ἀλαθῆ.

ΗΜΙΧΟΡΙΟΝ Α
ἔχουσι μοῖραν λαχόντες οἱ μέλεοι
διοδότων ἀχθέων·
ὑπὸ δὲ σώματι γᾶς
πλοῦτος ἄβυσσος ἔσται. 950

ΗΜΙΧΟΡΙΟΝ Β
ἰὼ πολλοῖς ἐπανθίσαντες
πόνοισι γενεάν.
τελευταῖαι δ' ἐπηλάλαξαν
Ἀραὶ τὸν ὀξὺν νόμον, τετραμμένου 955
παντρόπῳ φυγᾷ γένους.
ἕστακε δ' Ἄτας τροπαῖον ἐν πύλαις,
ἐν αἷς ἐθείνοντο, καὶ δυοῖν κρατή-
σας ἔληξε δαίμων. 960

ΗΜΙΧΟΡΙΟΝ Α
παισθεὶς ἔπαισας.

num insano conflito 935
que finda a rixa.

SEMICORO B

Cessou a desavença. Mescla-se a vida em seu vigor
no solo rubrofluente.
Efetivamente unissanguíneos. 940
Árbitro acídulo de rusgas o estrangeiro
marinho desponta do fogo,
aço aguçado, acre distribuidor
de bens, árido Ares que *Ara*, Maldição do pai, 945
tornou veraz.

SEMICORO A

Têm o quinhão da moira, infelizes:
divadádiva que dói.
Sob o corpo,
a riqueza abissal da terra. 950

SEMICORO B

Engalanaram a estirpe
com a profusão de agonia.
Ao fim, *Aras*, Malditas,
estridulam o triunfo agudo, 955
estirpe revolvida em fuga multidesordenada.
O troféu da Ruína está na porta
em que duelaram. Impondo-se à dupla,
o dâimon os derruba. 960

SEMICORO A

Ferido, feriste.

ΗΜΙΧΟΡΙΟΝ Β
    σὺ δ' ἔθανες κατακτανών.

ΗΜΙΧΟΡΙΟΝ Α
δορὶ δ' ἔκανες —

ΗΜΙΧΟΡΙΟΝ Β
    δορὶ δ' ἔθανες —

ΗΜΙΧΟΡΙΟΝ Α
μελεοπόνος.

ΗΜΙΧΟΡΙΟΝ Β
    μελεοπαθής.

ΗΜΙΧΟΡΙΟΝ Α
ἴτω γόος.

ΗΜΙΧΟΡΙΟΝ Β
    ἴτω δάκρυ.

ΗΜΙΧΟΡΙΟΝ Α
πρόκεισαι —

ΗΜΙΧΟΡΙΟΝ Β
    κατακτάς.   965

ΗΜΙΧΟΡΙΟΝ Α
ἠέ.

ΗΜΙΧΟΡΙΟΝ Β
    ἠέ.

SEMICORO B
>   Morreste, matando.

SEMICORO A
À lança mataste.

SEMICORO B
>   À lança morreste.

SEMICORO A
Gravipenar.

SEMICORO B
>   Gravissofrer.

SEMICORO A
Morres.

SEMICORO B
>   Sucumbes.

SEMICORO A
Lamenta!

SEMICORO B
>   Pranteia!

SEMICORO A
Ai!

SEMICORO B
>   Ai!

ΗΜΙΧΟΡΙΟΝ Α
μαίνεται γόοισι φρήν.

ΗΜΙΧΟΡΙΟΝ Β
ἐντὸς δὲ καρδία στένει.

ΗΜΙΧΟΡΙΟΝ Α
ἰὼ ἰὼ πάνδυρτε σύ.

ΗΜΙΧΟΡΙΟΝ Β
σὺ δ' αὖτε καὶ πανάθλιε.   970

ΗΜΙΧΟΡΙΟΝ Α
πρὸς φίλου [γ'·] ἔφθισο.

ΗΜΙΧΟΡΙΟΝ Β
καὶ φίλον ἔκτανες.

ΗΜΙΧΟΡΙΟΝ Α
διπλᾶ λέγειν —

ΗΜΙΧΟΡΙΟΝ Β
διπλᾶ δ' ὁρᾶν —

ΗΜΙΧΟΡΙΟΝ Α
ἄχθεα τῶνδε τάδ' ἐγγύθεν.

ΗΜΙΧΟΡΙΟΝ Β
πέλας ἀδελφέ' ἀδελφεῶν.

SEMICORO A
O choro enlouquece a mente.

SEMICORO B
Em mim o coração lamenta.

SEMICORO A
És plenilamentável.

SEMICORO B
És plenirruína.   970

SEMICORO A
Sucumbiste ao amigo.

SEMICORO B
Ao amigo mataste.

SEMICORO A
Duplo dizer.

SEMICORO B
Duplo mirar.

SEMICORO A
Sofrer que os aproxima.

SEMICORO B
Irmãos tombados irmãmente.

ΧΟΡΟΣ

ἰὼ Μοῖρα βαρυδότειρα μογερά, 975
πότνιά τ' Οἰδίπου σκιά,
μέλαιν' Ἐρινύς, ἦ μεγασθενής τις εἶ.

ΗΜΙΧΟΡΙΟΝ Α
ἠέ.

ΗΜΙΧΟΡΙΟΝ Β
ἠέ.

ΗΜΙΧΟΡΙΟΝ Α
δυσθέατα πήματα —

ΗΜΙΧΟΡΙΟΝ Β
ἐδείξατ' ἐκ φυγᾶς ἐμοί.

ΗΜΙΧΟΡΙΟΝ Α
οὐδ' ἵκεθ' ὡς κατέκτανεν. 980

ΗΜΙΧΟΡΙΟΝ Β
σωθεὶς δὲ πνεῦμ' ἀπώλεσεν.

ΗΜΙΧΟΡΙΟΝ Α
ὤλεσε δῆτ' ἄγαν.

ΗΜΙΧΟΡΙΟΝ Β
καὶ τὸν ἐνόσφισεν.

ΗΜΙΧΟΡΙΟΝ Α
ὀλοὰ λέγειν.

CORO
Moira, doadora de pesares árduos, 975
sombra augusta de Édipo.
Erínia negra, és vigorimenso.

SEMICORO A
Ai!

SEMICORO B
    Ai!

SEMICORO A
Padecimento inescrutável...

SEMICORO B
do exílio a mim se me afigura.

SEMICORO A
Não chegou quando o matou. 980

SEMICORO B
Perdeu a vida em seu retorno.

SEMICORO A
Por certo, sim, perdeu.

SEMICORO B
E o privou.

SEMICORO A
Dizer arruína.

ΗΜΙΧΟΡΙΟΝ Β
ὀλοὰ δ' ὁρᾶν.

ΗΜΙΧΟΡΙΟΝ Α
†δύστονα κήδε' ὁμώνυμα.†

ΗΜΙΧΟΡΙΟΝ Β
δίυγρα τριπάλτων πημάτων. 985

ΧΟΡΟΣ
ἰὼ Μοῖρα βαρυδότειρα μογερά,
πότνιά τ' Οἰδίπου σκιά,
μέλαιν' Ἐρινύς, ἦ μεγασθενής τις εἶ.

ΗΜΙΧΟΡΙΟΝ Α
σὺ τοί νιν οἶσθα διαπερῶν —

ΗΜΙΧΟΡΙΟΝ Β
σὺ δ' οὐδὲν ὕστερος μαθών — 990

ΗΜΙΧΟΡΙΟΝ Α
ἐπεὶ κατῆλθες ἐς πόλιν,

ΗΜΙΧΟΡΙΟΝ Β
δορός γε τῷδ' ἀντηρέτας.

ΗΜΙΧΟΡΙΟΝ Α
τάλαν γένος.

ΗΜΙΧΟΡΙΟΝ Β
τάλανα παθόν.

SEMICORO B
Mirar arruína.

SEMICORO A
Doloroso revés de mesmo nome.

SEMICORO B
Lágrimas por tríplice pesar. 985

CORO
Moira, doadora de pesares árduos,
sombra augusta de Édipo.
Erínia negra, és vigorimenso.

SEMICORO A
Soubeste após experimentá-lo.

SEMICORO B
E conheceste não mais tarde. 990

SEMICORO A
Quando tornaste à pólis.

SEMICORO B
Para enfrentá-lo à espada.

SEMICORO A
Estirpe triste.

SEMICORO B
Triste sofrer.

ΗΜΙΧΟΡΙΟΝ Α
ἰὼ πόνος —

ΗΜΙΧΟΡΙΟΝ Β
    ἰὼ κακά —   995

ΗΜΙΧΟΡΙΟΝ Α
δώμασιν.

ΗΜΙΧΟΡΙΟΝ Β
    καὶ χθονί.

ΗΜΙΧΟΡΙΟΝ Α
ἰὼ ἰὼ δυστόνων κακῶν, ἄναξ.

ΗΜΙΧΟΡΙΟΝ Β
ἰώ.

ΗΜΙΧΟΡΙΟΝ Α
ἰὼ πάντων πολυστονώτατοι.   1.000

ΗΜΙΧΟΡΙΟΝ Β
ἰὼ ἰὼ δαιμονῶντες ἄτᾳ.

ΗΜΙΧΟΡΙΟΝ Α
ἰὼ ἰώ, ποῦ σφε θήσομεν χθονός;

ΗΜΙΧΟΡΙΟΝ Β
ἰώ, ὅπου 'στι τιμιώτατον.

ΗΜΙΧΟΡΙΟΝ Α
ἰὼ ἰώ, πῆμα πατρὶ πάρευνον.

SEMICORO A
Oh! A dor!

SEMICORO B
    Oh! Revés! 995

SEMICORO A
Para a morada.

SEMICORO B
    À terra, idem.

SEMICORO A
Ah! Males da desgraça, príncipe!

SEMICORO B
Ah!

SEMICORO A
Oh! Multissofridíssimos em tudo! 1.000

SEMICORO B
O dâimon de ambos leva-os à ruína.

SEMICORO A
Em que local os enterramos?

SEMICORO B
No mais merecedor de honrarias.

SEMICORO A
Se em mesmo espaço, o pai padece.

ΚΗΡΥΞ

δοκοῦντα καὶ δόξαντ' ἀπαγγέλλειν με χρὴ   1.005
δήμου προβούλοις τῆσδε Καδμείας πόλεως.
Ἐτεοκλέα μὲν τόνδ' ἐπ' εὐνοίᾳ χθονὸς
θάπτειν ἔδοξε γῆς φίλαις κατασκαφαῖς·
στυγῶν γὰρ ἐχθροὺς θάνατον εἵλετ' ἐν πόλει
ἱερῶν πατρῴων δ' ὅσιος ὢν μομφῆς ἄτερ   1.010
τέθνηκεν οὗπερ τοῖς νέοις θνῄσκειν καλόν.
οὕτω μὲν ἀμφὶ τοῦδ' ἐπέσταλται λέγειν·
τούτου δ' ἀδελφὸν τόνδε Πολυνείκους νεκρὸν
ἔξω βαλεῖν ἄθαπτον, ἁρπαγὴν κυσίν,
ὡς ὄντ' ἀναστατῆρα Καδμείων χθονός,   1.015
εἰ μὴ θεῶν τις ἐμποδὼν ἔστη δορὶ
τῷ τοῦδ'· ἄγος δὲ καὶ θανὼν κεκτήσεται
θεῶν πατρῴων, οὓς ἀτιμάσας ὅδε
στράτευμ' ἐπακτὸν ἐμβαλὼν ᾕρει πόλιν.
οὕτω πετηνῶν τόνδ' ὑπ' οἰωνῶν δοκεῖ   1.020
ταφέντ' ἀτίμως τοὐπιτίμιον λαβεῖν,
καὶ μήθ' ὁμαρτεῖν τυμβοχόα χειρώματα
μήτ' ὀξυμόλποις προσσέβειν οἰμώγμασιν,
ἄτιμον εἶναι δ' ἐκφορᾶς φίλων ὕπο.
τοιαῦτ' ἔδοξε τῷδε Καδμείων τέλει.   1.025

ΑΝΤΙΓΟΝΗ

ἐγὼ δὲ Καδμείων γε προστάταις λέγω·
ἢν μή τις ἄλλος τόνδε συνθάπτειν θέλῃ,
ἐγώ σφε θάψω κἀνὰ κίνδυνον βαλῶ
θάψασ' ἀδελφὸν τὸν ἐμόν, οὐδ' αἰσχύνομαι
ἔχουσ' ἄπιστον τήνδ' ἀναρχίαν πόλει.   1.030
δεινὸν τὸ κοινὸν σπλάγχνον, οὗ πεφύκαμεν,

[Entra o arauto]

ARAUTO

Venho anunciar o parecer e a decisão 1.005
tomada no conselho popular da urbe.
Num recesso aprazível destas cercanias,
por sua retidão, enterre-se Etéocles.
Perdeu a vida ao expulsar do muro intrusos.
Imáculo, em defesa de santuário ancestre, 1.010
morreu onde morrer só abrilhanta o jovem.
Eis o que sobre Etéocles coube-me dizer.
Quanto ao cadáver do irmão, de Polinices,
sem sepultura, deve ser entregue aos cães,
na condição de destruidor do solo cádmio, 1.015
não fora o deus bloquear o avanço de sua lança.
O sacrilégio, mesmo morto, pagará
aos deuses pátrios, que insultou quando tentou
tomar a cidadela com tropel de fora.
Foi decidido que a devida recompensa 1.020
será o funeral sem honra, pasto de aves.
Não há de receber na tumba as oferendas,
nem a homenagem musical dos votos fúnebres,
nem a honraria do cortejo familiar.
Foi essa a decisão de autoridades cádmias. 1.025

ANTÍGONE

E eu me dirijo agora à liderança cádmia:
se não houver alguém que aceite enterrá-lo,
eu mesma correrei o risco de fazê-lo.
Pelo sepulcro de um irmão, não me envergonha
a insubordinação ao burgo. É assustador 1.030
o ventre que a ele e a mim nos deu à luz, de mãe

99

μητρὸς ταλαίνης κἀπὸ δυστήνου πατρός.
τοιγὰρ θέλουσ' ἄκοντι κοινώνει κακῶν
ψυχή, θανόντι ζῶσα συγγόνῳ φρενί.
τούτου δὲ σάρκας <
    > οὐδὲ κοιλογάστορες   1.035
λύκοι σπάσονται· μὴ δοκησάτω τινί.
τάφον γὰρ αὐτῷ καὶ κατασκαφὰς ἐγώ,
γυνή περ οὖσα, τῷδε μηχανήσομαι,
κόλπῳ φέρουσα βυσσίνου πεπλώματος.
καὐτὴ καλύψω, μηδέ τῳ δόξῃ πάλιν·   1.040
θάρσει, παρέσται μηχανὴ δραστήριος.

ΚΗΡΥΞ
αὐδῶ πόλιν σε μὴ βιάζεσθαι τάδε.

ΑΝΤΙΓΟΝΗ
αὐδῶ σὲ μὴ περισσὰ κηρύσσειν ἐμοί.

ΚΗΡΥΞ
τραχύς γε μέντοι δῆμος ἐκφυγὼν κακά.

ΑΝΤΙΓΟΝΗ
τράχυν'· ἄθαπτος δ' οὗτος οὐ γενήσεται.   1.045

ΚΗΡΥΞ
ἀλλ' ὃν πόλις στυγεῖ, σὺ τιμήσεις τάφῳ;

ΑΝΤΙΓΟΝΗ
ἤδη τὰ τοῦδε διατετίμηται θεοῖς.

ΚΗΡΥΞ
οὔ, πρίν γε χώραν τήνδε κινδύνῳ βαλεῖν.

amargurada e pai tão infeliz. A alma
de um coração conato vive com o morto,
quer partilhar do mal que sofre a contragosto.
Sua carne <
        > tampouco lobos a devorarão   1.035
nos ventriávidos. Ninguém creia na hipótese!
Ainda que mulher, encontrarei os meios
para enterrá-lo. Cuidarei de seu sepulcro.
Uso para encobri-lo a dobra de meu peplo
de linho. O parecer contrário, eu o rejeito.   1.040
O anseio há de encontrar um meio para agir!

ARAUTO
Não queiras enfrentar a decisão da pólis.

ANTÍGONE
Não queiras me anunciar resoluções inúteis.

ARAUTO
A massa é bruta quando escapa da ruína.

ANTÍGONE
Pode ser bruta, mas não fica sem sepulcro.   1.045

ARAUTO
Honras com túmulo quem a cidade odeia?

ANTÍGONE
Se os deuses não considerarem algo indigno.

ARAUTO
Não é, se não coloca a cidadela em risco.

ΑΝΤΙΓΟΝΗ
παθὼν κακῶς κακοῖσιν ἀντημείβετο.

ΚΗΡΥΞ
ἀλλ' εἰς ἅπαντας ἀνθ' ἑνὸς τόδ' ἔργον ἦν.   1.050

ΑΝΤΙΓΟΝΗ
ἔρις περαίνει μῦθον ὑστάτη θεῶν.
ἐγὼ δὲ θάψω τόνδε· μὴ μακρηγόρει.

ΚΗΡΥΞ
ἀλλ' αὐτόβουλος ἴσθ', ἀπεννέπω δ' ἐγώ.

ΗΜΙΧΟΡΙΟΝ Α
φεῦ φεῦ.
ὦ μεγάλαυχοι καὶ φθερσιγενεῖς
Κῆρες Ἐρινύες, αἵτ' Οἰδιπόδα   1.055
γένος ὠλέσατε πρυμνόθεν οὕτως,
τί πάθω; τί δὲ δρῶ; τί δὲ μήσωμαι;
πῶς τολμήσω μήτε σὲ κλαίειν
μήτε προπέμπειν ἐπὶ τύμβον·

ΗΜΙΧΟΡΙΟΝ Β
ἀλλὰ φοβοῦμαι κἀποτρέπομαι   1.060
δεῖμα πολιτῶν.
σύ γε μὴν πολλῶν πενθητήρων
τεύξει· κεῖνος δ' ὁ τάλας ἄγοος
μονόκλαυτον ἔχων θρῆνον ἀδελφῆς
εἶσιν. τίς ἂν οὖν τὰ πίθοιτο;   1.065

ANTÍGONE
Correspondeu com mal ao mal que padeceu.

ARAUTO
Seu ato não contrariou um só, mas todos. 1050

ANTÍGONE
Discórdia é a derradeira deusa a argumentar.
Eu o sepultarei. Desinfla tua arenga.

ARAUTO
Sê conselheira de ti mesma, mas te impeço.

[O arauto sai]

SEMICORO A [com Antígone, ao lado do corpo de Polinices]
Ai!
Plenijactantes destruidoras de linhagens,
Queres, Erínias, destruístes a família 1.055
de Édipo, dos extremos da popa.
O que padecerei? O que fazer? Pensar?
Serei capaz de lamentar-te,
de acompanhar teu funeral?

SEMICORO B [com Ismene, ao lado do corpo de Etéocles]
Mas temo e furto-me 1.060
ao pavor dos cidadãos.
Terás quem te lamente, Etéocles,
inúmeros, mas o outro,
o treno da irmã, monopranteado,
terá. Quem cederia? 1.065

103

ΗΜΙΧΟΡΙΟΝ Α

δράτω τι πόλις καὶ μὴ δράτω
τοὺς κλαίοντας Πολυνείκη.
ἡμεῖς μὲν ἴμεν καὶ συνθάψομεν
αἴδε προπομποί. καὶ γὰρ γενεᾷ
<τῇ Καδμογενεῖ>
κοινὸν τόδ᾽ ἄχος, καὶ πόλις ἄλλως 1.070
ἄλλοτ᾽ ἐπαινεῖ τὰ δίκαια.

ΗΜΙΧΟΡΙΟΝ Β

ἡμεῖς δ᾽ ἅμα τῷδ᾽, ὥσπερ τε πόλις
καὶ τὸ δίκαιον ξυνεπαινεῖ.
μετὰ γὰρ μάκαρας καὶ Διὸς ἰσχὺν
ὅδε Καδμείων ἤρυξε πόλιν 1.075
μὴ 'νατραπῆναι μηδ᾽ ἀλλοδαπῷ
κύματι φωτῶν
κατακλυσθῆναι τὰ μάλιστα.

SEMICORO A

Faça a cidade ou não faça o que bem queira
contra quem chore Polinices.
Nós acompanharemos o cortejo
para enterrá-lo, pois a dor abarca
toda linhagem cádmia,
e o injusto hoje é justo amanhã 1.070
para a cidade.

SEMICORO B

Nós o acompanharemos, como a urbe
aprova, e a justiça.
Numes e poderio de Zeus, depois de ambos,
ele evitou soçobro e cataclismo 1.075
da cidadela cádmia
na vaga adventícia de viris,
maximamente.

*[Os dois semicoros saem de cena, para lados opostos,
um carregando o corpo de Etéocles e outro o de Polinices]*

Pintura trágica

Trajano Vieira

Sete contra Tebas está entre as obras-primas do teatro grego. Destacaria dois aspectos desse texto que, embora esmiuçados exaustivamente pelos especialistas desde o século XIX, não perderam o seu impacto. O primeiro é de caráter metafísico e tem relação com a concepção esquiliana da representação humana. Mais de um autor apontou a relação de Ésquilo com Heráclito, sobretudo com o notável fragmento ἦθος ἀνθρώπῳ δαίμων, "para um homem, seu caráter é o dâimon". Etéocles recebe a informação do ataque iminente à cidade de Tebas, pelo exército encabeçado por seu irmão Polinices. Procura agir como um comandante militar e chefe de Estado, contendo a explosão emotiva do coro que pode prejudicar o encaminhamento das ações necessárias à proteção da cidade. Seu comportamento, decorrente de sua função pública, acaba por revelar outro sentido mais fundamental no momento crucial da peça. Etéocles, ao ser levado a enfrentar o irmão pela lógica das ações, dá-se conta de que está realizando a maldição familiar, que remonta a episódios centrais das duas outras tragédias perdidas que compunham, com *Sete contra Tebas*, a trilogia vencedora do concurso de 467 a.C.: *Laio* e *Édipo*. Na primeira, Laio recebe a informação oracular de que não deve ter filhos, pois a procriação destruiria sua linhagem. Na segunda, Édipo amaldiçoa os dois filhos, pelos descuidos que sofre. Os dois episódios são referidos em *Sete contra Tebas*, e é justamente o poder das duas forças negativas em seu destino que Etéocles registra, antes de enfrentar o irmão no duelo (vv. 653-7):

> ETÉOCLES
> Estirpe de Édipo divinoensandecida,
> adversa aos deuses, pluripranteada, a minha.
> Ora culminam *Aras*, maldições paternas.
> Impõe-se-me suster o choro e o lamento
> que dão vazão a insofreável sofrimento.

A maldição incontornável é aludida de maneira ainda mais pungente a seguir, através da personificação de um ente de olhar ressequido (vv. 692-7):

> CORO
> O afã crudivoraz sem peias te espicaça
> à conclusão do morticídio frutiamaro
> de ilícita sangria.
>
> ETÉOCLES
> Sim, de *Ara*, Maldição odiosa de meu pai,
> com olho seco, avesso a lágrimas, ao lado
> ouvi: "Primeiro vem o ganho e, então, a morte".

Etéocles imagina ser autor da própria narrativa, das decisões que toma, e descobre, a certa altura, que o sentido que atribui aos episódios em que se envolve e a respeito dos quais faz suas opções é outro, até então oculto, mais fundamental. Poucos repetiriam a opinião de comentadores que, no passado, viram o personagem trágico como um joguete das forças do destino. O que ocorre é algo diverso: acompanhamos o personagem em seu percurso, registramos a coerência de suas atitudes diante de um quadro de crise, que poderiam ser outras, mas que são razoavelmente justificadas pelo próprio personagem. Entretanto, é todo um universo configurado a partir delas que vem abaixo com o advento de outras componentes, até então desconhecidas. Os gregos denominavam dâimon, como lembra Heráclito no fragmento, a figura enigmática que representaria o sentido real das ações, revelado no momento em que pouco ou nada pode ser feito para evitar a ruína.

O dâimon não anula, portanto, o valor da ação consciente no que ela traz de empenho ou no que pode revelar de grandeza. Embora o agente seja protagonista da própria ação, ele não se assenhora do sentido dessa ação, que independe dos cálculos necessários para a sobrevivência. É isso o que fundamenta, como se sabe, a ambiguidade do herói trágico. Ao agir de certo modo, Etéocles imagina executar o papel previsível do chefe de Estado. Ao fim, constata que executa um percurso pré-definido em duas maldições ancestrais, que aniquilarão sua estirpe. O dâimon é justamente essa figura oculta que, em certo momento, revela-se como a verdadeira identidade do personagem. Cabe observar que há uma forma verbal derivada desse substantivo, usada na voz ativa: δαιμονᾶν. Nas *Coéforas* (v. 566), Orestes fala do lar impregnado de adversidades. Ocorre que é esse lar (δόμος) que exerce a ação demoníaca (δαιμονιᾷ), difundindo as desventuras (κακοῖς). O verbo é empregado também no *Sete contra Tebas* (v. 1.001), numa forma de particípio ativo. O sujeito são os dois irmãos, já mortos, e o complemento vem em dativo, provavelmente com valor locativo, em decorrência da forma ativa do particípio. Ou seja, Etéocles e Polinices confundem-se com o dâimon (δαιμονῶντες), são sua expressão, ao se posicionarem na ἄτᾳ, revés, desgraça, ruína: o dâimon de ambos coloca-os na ruína. O caráter do homem é seu dâimon.

Em determinado trecho, o coro ainda tenta dissuadir Etéocles de enfrentar o irmão, em versos admiráveis que falam da dinâmica cíclica do dâimon, sugestão que o personagem desconsidera (vv. 705-11):

CORO
Espera que a teu lado ela assome. Gira
o tempo, e o dâimon, transmudando seu desígnio,
quem sabe se aproxime com ressopro mais
propício, pois agora ainda ebole.

ETÉOCLES
Sim, as imprecações de Édipo ebuliram.
Hiperverazes as visões fantasmagóricas
dos sonhos, quando os bens do pai são divididos.

Esse traço metafísico do teatro esquiliano, para não dizer do teatro grego em geral, revelador do personagem como enigma de si mesmo, no momento da reviravolta do destino, configura-se de maneira extremamente arrojada em *Sete contra Tebas*. Penso sobretudo no episódio que ocupa os versos centrais da peça, a famosa cena dos sete escudos (vv. 369-719). De certo modo, são as representações das égides dos militares que desempenham o núcleo da ação dramática. Em nenhuma outra tragédia grega o desenho e a pintura serão tão relevantes. A tensão dramática chega ao ápice na sequência em que o espião descreve o militar e a ilustração de seu escudo, e Etéocles atribui-lhe um sentido, a fim de escolher o antagonista tebano que vai enfrentá-lo numa das sete portas. Trata-se de uma interessante sequência de análise da representação figurativa. Etéocles se comporta como um hermeneuta de imagens que não vê, mas que lhe são referidas por alguém que viu. É portanto a arte verbal de Ésquilo que se coloca em primeiro plano, pois o autor exibe toda sua maestria não apenas descritiva, mas dramática, ao selecionar elementos da representação pictórica e conferir-lhes a tensão da ação. Esta se concentra em figurações que alguém comunica a um outro que as interpreta. São grandes as chances de esse procedimento dar errado diante de uma plateia que vai ao teatro para ver as ações se desdobrarem diante de seus olhos. Encontra-se aí, me parece, o aspecto mais original do poeta, que imaginou uma situação extremamente arriscada na perspectiva do drama: fazer da pintura verbalizada o núcleo trágico, conferir-lhe a função de agente. Do ponto de vista estrutural, deve-se destacar ainda que essas representações não só antecipam o conflito que está para ocorrer, como o substituem. O que veremos a seguir é a comunicação do desfecho do embate. Ou seja, a cena não só reconfigura verbalmente as imagens vistas apenas pelo espião, como torna desnecessária a representação efetiva da ação, que nela se concentra.

Isso é muito diferente do que ocorre nas várias passagens em que Homero descreve as imagens dos escudos dos heróis. A minúcia que Homero atinge nesses momentos talvez seja insuperável. Mas essas imagens representam o poder do herói, não o âmbito particular em que ele se insere. São portanto emblemas e não símbolos da natureza de um personagem num contexto específico. Ésquilo deve muito a Homero no que concerne à exuberância do labor descritivo, mas o que ele opera é algo diverso. Em primeiro lugar, apresenta as imagens como se tivessem sido concebidas para a invasão de Tebas. Isso sem dúvida aumenta a tensão dramática, pois imaginamos todo o empenho de artesãos na criação de obras para um determinado conflito. Esse traço é, entretanto, secundário: o que importa efetivamente é que as imagens representam, muitas vezes com figuras míticas, a expectativa do militar que empunha a égide, da ação que está prestes a executar. A transferência para o tempo presente das imagens representadas confere uma tensão dramática aos escudos que não encontramos nas figurações homéricas. Caberá ao leitor aproximar ou não essa funcionalidade do que T. S. Eliot definiu e consagrou, em seu ensaio sobre Hamlet, com a expressão "correlativo objetivo". Existe um aspecto prismático nesse cenário, que não deve ser descartado, pois a concentração emocional transferida para a imagem, de que fala Eliot, chega até nós pela reprodução verbal do espião e, sobretudo, pela interpretação que dela faz Etéocles. Os signos visuais flutuam entre a representação verbal e a análise dos signos. Essa última função parece fundamental para entender aspectos centrais do teatro esquiliano.

Retornando a Heráclito, lembro o fragmento sobre a mensagem ambígua do oráculo de Delfos, que "não fala nem oculta, mas indica (σημαίνει)". Do ponto de vista grego, a necessidade interpretativa dos signos, devido à sua natureza ambígua, extrapola o âmbito oracular. O sentido dos signos visuais exige a decifração de Etéocles tendo em vista a escolha dos militares que se posicionarão diante das sete portas. Que essa questão interessasse particularmente ao autor, parece evidente quando o espião menciona o escudo de Anfiarau, responsável pelo ataque da sexta porta. Diferentemente dos demais, ele não traz nenhuma representação. A égide do vidente sábio surge vazia de signos, e a justificativa apresentada tem profunda relação com o pensamento abstrato da filosofia grega. Segundo Ésquilo, para o áugure — é bom lembrar, contrário à invasão da cidade —, o importante era ser, não parecer. Note-se que o pensamento abstrato aparece conectado à metáfora da germinação, resultante do processo ensimesmado da reflexão. Essa conexão entre atividade mental e profundidade, tão recorrente na tradição ocidental, encontra um desenho preciso de sua topografia nesta passagem (vv. 590-4):

ESPIÃO

Falou o vate. Ergueu sereno o escudo todo
em bronze. Não havia efígie no seu bojo,
pois desejava ser, não parecer, o *áristos*,
primaz, lavrando em sua mente o sulco fundo
do qual germinam decisões percucientes.

Eis algo fascinante: a representação figurativa não cabe no universo de quem sabe efetivamente, no caso um adivinho avesso à guerra, admirado pelo próprio antagonista Etéocles. A essa esfera abstrata, contudo, pertence um personagem que participa do universo divino, ao contrário dos demais. De qualquer modo, a inserção desse personagem entre os sete invasores e o que ele simboliza do ponto de vista do conhecimento nos levam a pensar na relevância da linguagem no drama. A extraordinária plástica das encenações contidas nos escudos é submetida à apreciação de Etéocles. Nós, público ou leitores, acompanhamos seu empenho em interpretar os signos visuais tendo em vista a escolha dos antagonistas. Ésquilo apresenta como coerente a seleção que o personagem faz de seus subordinados. Ele parece se sair bem nessa tarefa. O clímax, evidentemente, é o sétimo inimigo, cujo escudo apresenta surpreendentemente a imagem da Justiça, que pronuncia as seguintes palavras: "Este homem guiarei e a pólis de seu pai/ terá e o paço em que passe a circular" (vv. 647-8). Chamo a atenção do leitor para o fato de que, no universo literário, esse tipo de figura falante é uma inovação de Ésquilo. Portanto, em pelo menos três dos escudos, não só a imagem deve ser submetida à interpretação, mas também a linguagem verbal.

    O destaque que Ésquilo confere à representação visual é único no teatro grego. De certo modo, ela substitui a ação, ou melhor, torna-se a própria ação dramática. É desnecessário frisar, ainda uma vez, por outro lado, que só conhecemos as representações dos escudos através da linguagem verbal. O efeito dramático da pintura decorre do processo de descrição e interpretação a que é submetida pelo espião e por Etéocles. Ésquilo parece explorar os limites da linguagem teatral ao colocar a pintura no centro de sua peça. Deparamo-nos com uma questão metateatral de importância considerável na tradição dramática no Ocidente: teatro compreendido como dramatização da imagem e, no sentido contrário, imagem compreendida como dramatização teatral. De qualquer um dos ângulos que se aborde a questão, ela parece ter motivado a construção dessa obra esquiliana.

Que tal processo se insira num contexto mais amplo, de caráter metafísico, é algo razoável de se cogitar. As figurações revelam-se ilusórias quando, ao final, se evidencia que os sentidos atribuídos por Etéocles à sua função de chefe de Estado e a seu dever militar não correspondem ao que ele supunha. Etéocles conclui que o que está efetivamente urdindo é um destino motivado pela maldição familiar. Suas decisões são paralelas à ação dessa força cuja dinâmica só se revela no momento agônico da reversão trágica. O caráter ilusório das razoáveis interpretações das imagens dos escudos se evidencia, não por elas se mostrarem falsas ao fim, mas por serem impotentes diante da ação do dâimon, cujos traços aberrantes mantiveram-se ocultos até então. A representação anteriormente construída se decompõe pela ação do dâimon, que oferece um sentido fatal para as ilusões experimentadas até então como efetivas. A Justiça é uma das últimas representações referidas na série de pinturas. Dike fala na égide de Polinices. Trata-se de uma imagem surpreendente, pois a Justiça estaria ao lado de um agente injusto, ávido por destruir a própria cidade. Aos olhos de Etéocles, seria uma representação falsa da Justiça. A ela, o personagem se contrapõe, defendendo um sentido contrário. No final, ambas se anulam, em decorrência da potência demoníaca que atua nos bastidores da identidade dos dois irmãos. A mútua destruição dos filhos de Édipo oferece um futuro a Tebas, que deixa de padecer com os crimes ancestrais cometidos no âmbito de sua família mais ilustre.

Nas *Rãs* (v. 1.021), Aristófanes apresenta Ésquilo satisfeito por ter escrito um drama "cheio de Ares": *Sete contra Tebas*. Essa expressão teria sido cunhada por Górgias (fr. 24 D-K) ao se referir ironicamente à tragédia de Ésquilo. O tema do conflito militar perpassa efetivamente o texto, mas essa estrutura de fundo está longe de prejudicar a dramaticidade da obra. Ele é responsável em grande parte pelo tom solene da tragédia, que apresenta formulações secas e elípticas, impondo frequentes dificuldades ao tradutor. Não devemos esquecer que Ésquilo teve participação destacada na batalha de Maratona. O epigrama de sua tumba em Gela menciona sua atividade militar e silencia sobre sua vasta produção literária (perto de noventa peças criadas ao longo de mais ou menos trinta anos de atividade). Ésquilo foi influenciado por Homero no relevo que deu ao fulgor do cenário heroico e às estrepitosas operações militares. Seu interesse pela invenção vocabular, pela etimologia, pela construção de palavras compostas coloca-o na origem de uma tradição literária cuja atenção se volta para o potencial expressivo da linguagem. Píndaro é o outro poeta grego que pertence a essa linhagem. Tal traço não prejudica o caráter propriamente dramático de uma peça como *Sete contra Tebas*. O esplendor e a codificação heroica dos personagens possuem suporte frágil, e é desse paradoxo que o autor tira o efeito trágico. A ação velada de potências aniquiladoras, denominadas Erínias, Aras, Ata, dâimon, dissemina-se no texto, às vezes concentradas numa única sequência, como a que segue abaixo. Não é o caso de me estender neste espaço sobre o emprego dessas palavras-chave na tragédia. Só lembraria que elas não devem necessariamente ser consideradas externas à estrutura mental do sujeito. No verso 604 da *Antígone*, Sófocles fala da Erínia da mente (φρενῶν Ἐρινύς). Eis os versos de *Sete contra Tebas* (vv. 953-60):

CORO
Engalanaram a estirpe
com a profusão de agonia.
Ao fim, *Aras*, Malditas,
estridulam o triunfo agudo,
estirpe revolvida em fuga multidesordenada.

O troféu da Ruína está na porta
em que duelaram. Impondo-se à dupla,
o dâimon os derruba.

O desequilíbrio resultante da ação dessas potências revela toda sua expressividade justamente por eclodir no universo de aparente estabilidade do esplendor heroico. No caso específico do *Sete contra Tebas*, vale a pena repetir ainda uma vez, a escolha das representações nos escudos para ocupar o núcleo trágico evidencia a sensibilidade visual de Ésquilo. Como a famosa cena do tapete no *Agamêmnon*, que antecipa o infortúnio do rei, os escudos apresentam a tensão entre a magnitude de um cosmo idealizado e a ação corrosiva de potências funestas.

Métrica e critérios de tradução

A estrutura métrica da tragédia grega é bastante complexa. Nos diálogos, predomina o trímetro jâmbico, que possui o seguinte esquema:

x—ᴗ— x—ᴗ— x—ᴗ—

Em outros termos, a primeira sílaba do segmento ("pé") pode ser breve ou longa; a segunda, longa; a terceira, breve; a quarta, longa. Essa unidade é repetida três vezes no verso. Em lugar da alternância entre sílabas átonas e tônicas, em grego o ritmo varia entre breve e longa (esta última tendo duas vezes a duração da breve).

Por outro lado, a métrica dos coros é muito diversificada e apresenta dificuldade ainda maior de escansão, decorrente, entre outros motivos, do acúmulo de elisões e cesuras, comuns nesses entrechos.

Na tradução de *Sete contra Tebas*, uso o dodecassílabo na maior parte dos diálogos, com variação acentual, respeitando os parâmetros rítmicos possíveis para esse tipo de verso em português. Nos episódios corais e nos diálogos que não seguem o padrão do trímetro jâmbico, emprego o verso livre, privilegiando a acentuação nas sílabas pares.

Adotei procedimento semelhante na tradução da *Medeia*, de Eurípides (São Paulo, Editora 34, 2010), onde, numa nota sobre o assunto, incluí alguns comentários.

Sobre o autor

As biografias dos poetas gregos resultam em grande parte da construção da tradição. Isso se deve ao fato de que pouquíssimas informações confiáveis se preservaram ao longo do tempo. As lacunas incontornáveis foram sendo preenchidas pelo imaginário de diferentes épocas. Esse tipo de construção, que ganha muitas vezes contorno romanesco, fruto da carência de dados factuais, começa com Homero, objeto de estudo recente de Pierre Judet de La Combe (*Homère*, Paris, Gallimard/Folio Biographies, 2017), e envolve poetas posteriores, como os trágicos. O caso de Eurípides é exemplar. Por volta de 408 a.C., a convite do rei Arquelau, o autor transferiu-se para a Macedônia, de onde só retornou a Atenas em 407-6 a.C., para ser sepultado, tendo sido objeto de uma extraordinária oração fúnebre, composta por Sófocles (morto no mesmo ano). Não se conhecem os motivos de sua mudança, mas a tradição encarregou-se de justificá-la: desgosto por se considerar desprestigiado em sua cidade natal. Com base nessa amargura hipotética, a fantasia anônima chegou a difundir a história de que o poeta teria escrito sua obra isolado numa caverna...

Isso posto, seguem alguns dados razoavelmente seguros da vida e da carreira de Ésquilo, que nasceu em 525 a.C. em Elêusis, a 20 quilômetros noroeste de Atenas, e faleceu em 456 a.C. em Gela, na Sicília, onde, a convite de Hierão, compôs uma tragédia que celebrava a fundação da cidade de Etna. Teve participação militar destacada na batalha de Maratona (490 a.C.) e, provavelmente, de Salamina (480 a.C.). Seu epitáfio faz referência aos feitos que levou a cabo em Maratona, sem mencionar sua bem-sucedida carreira de poeta, autor de 70 peças segundo o *Codice Medi-*

ceo, ou de 90, de acordo com a enciclopédia bizantina *Suda*. Desse total, apenas sete chegaram até nós: *Os Persas* (472 a.C.), *Sete contra Tebas* (467 a.C.), *As Suplicantes* (463 a.C.), a trilogia *Oresteia* (*Agamêmnon*, *Coéforas* e *Eumênides*, 458 a.C.) e *Prometeu Prisioneiro*. Em 484 a.C., obteve sua primeira vitória em concurso de tragédia, à qual se somariam outras doze.

Dez anos antes de seu nascimento, foi introduzido nas Grandes Dionísias o concurso de disputa trágica (534 a.C.), durante o reinado de Pisístrato. Quando o poeta contava 15 anos de idade (510 a.C.), pôde presenciar outro episódio que alteraria profundamente a estrutura política de Atenas: a expulsão do filho de Pisístrato, Hípias, e de seu clã, e o fortalecimento de Clístenes, que introduziu um experimento sem precedentes na cidade, a constituição (507 a.C.), que garantiria os fundamentos da democracia.

Sugestões bibliográficas

BACON, Helen H. "The Shield of Eteocles", *Arion*, vol. 3, n° 3, 1964, pp. 27-38.

BROWN, A. L. "Eteocles and the Chorus in the *Seven Against Thebes*", *Phoenix*, vol. 31, n° 4, 1977, pp. 300-18.

BURNETT, A. P. "Curse and Dream in Aeschylus' *Septem*", *Greek, Roman and Byzantine Studies*, vol. 14, 1973, pp. 343-68.

CALDWELL, R. S. "The Misogyny of Eteocles", *Arethusa*, vol. 6, n° 2, 1973, pp. 197-231.

CAMERON, H. D. *Studies on the Seven Against Thebes of Aeschylus*. The Hague: Mouton, 1971.

CONACHER, D. J. *Aeschylus: The Earlier Plays and Related Studies*. Toronto: University of Toronto Press, 1996.

DAWE, R. D. "The End of *Seven Against Thebes*", *The Classical Quarterly*, vol. 17, 1967, pp. 16-28.

DELCOURT, Marie. "Le Rôle du Choeur dans *Les Sept Devant Thèbes*". *L'Antiquité Classique*, vol. 1, 1932, pp. 25-33.

GAGARIN, Michael. *Aeschylean Drama*. Berkeley: University of California Press, 1976.

HECHT, A.; BACON, H. H. "Introduction", em Aeschylus, *Seven Against Thebes*, Nova York/Londres: Oxford University Press, 1973, pp. 3-17.

JACKSON, E. "The Argument of *Septem Contra Thebas*", *Phoenix*, vol. 42, n° 4, 1988, pp. 287-303.

LLOYD-JONES, Hugh. "The End of the *Seven Against Thebes*", *The Classical Quarterly*, vol. 9, 1959, pp. 80-115.

LUPAS, L.; PETRE, Z. *Commentaire aux Sept Contre Thèbes d'Eschyle*. Paris: Les Belles Lettres, 1981.

OTIS, B. "The Unity of the *Seven Against Thebes*", *Greek, Roman and Byzantine Studies*, vol. 3, 1960, pp. 153-74.

PODLECKI, A. J. *The Political Background of Aeschylean Tragedy*. Ann Arbor: University of Michigan Press, 1966.

ROSENMEYER, T. G. *The Art of Aeschylus*. Berkeley: University of California Press, 1982.

SOLMSEN, Friedrich. "The Erinys in Aischylos' *Septem*", *Transactions and Proceedings of the American Philological Association*, vol. 68, 1937, pp. 197-211.

SOMMERSTEIN, A. H. *Aeschylean Tragedy*. Bari: Levante, 1996 (nova edição, Londres: Bristol Classical Press, 2013).

THALMANN, W. G. *Dramatic Art of Aeschylus' Seven Against Thebes*. New Haven/Londres: Yale University Press, 1978.

TRIESCHNIGG, Caroline. "Turning Sound into Sight in the Chorus' Entrance Song of Aeschylus' *Seven Against Thebes*", em CAZZATO, Vanessa; LARDINOIS, André (orgs.), *The Look of Lyric: Greek Song and the Visual*. Leiden/Boston: Brill, 2016.

VIDAL-NAQUET, Pierre, "Os escudos dos heróis: ensaio sobre a cena central dos *Sete contra Tebas*" (1979), em VERNANT, J. P.; VIDAL-NAQUET, P. *Mito e tragédia na Grécia antiga*. São Paulo: Perspectiva, 2005, pp. 241-66.

WINNINGTON-INGRAM, R. P. *Studies in Aeschylus*. Cambridge: Cambridge University Press, 1983.

ZEITLIN, Froma. *Under the Sign of the Shield: Semiotics and Aeschylus' Seven Against Thebes*. Roma: Edizioni dell'Ateneo, 1982.

Excertos da crítica

"Segundo Wilamowitz, o personagem de Etéocles, em *Sete contra Tebas*, não parece desenhado por uma mão muito firme: seu comportamento no fim da peça não é nem um pouco compatível com o retrato esboçado antes. Para Mazon, ao contrário, o mesmo Etéocles conta entre as mais belas figuras do teatro grego e encarna, com perfeita coerência, o tipo de herói maldito.

O debate só teria sentido sob a perspectiva de um drama moderno construído sobre a unidade psicológica dos protagonistas. Mas a tragédia de Ésquilo não está centrada num personagem singular, na complexidade de sua vida interior. O verdadeiro personagem de *Sete* é a cidade, isto é, seus valores, os modos de pensamento, as atitudes que ela exige e que Etéocles representa à testa da cidade de Tebas enquanto o nome de seu irmão não é pronunciado diante dele. De fato, basta que ele ouça falar de Polinices para que imediatamente, lançado fora do mundo da *pólis*, ele seja entregue a um outro universo: torna-se o Labdácida da lenda, o homem dos *génē* nobres, das grandes famílias reais do passado sobre as quais pesam as poluições e maldições ancestrais. Ele que encarnava, diante da religiosidade emotiva das mulheres de Tebas, diante da impiedade guerreira dos homens de Argos, as virtudes de moderação, de reflexão, de autodomínio que fazem o homem político, precipita-se bruscamente em direção à catástrofe, entregando-se ao ódio fraterno de que está inteiramente 'possuído'. A loucura assassina que, daí por diante, vai definir seu *ēthos* não é somente um sentimento humano, é uma força demônica que ultrapassa Etéocles em todos os sentidos. Ela o envolve na nuvem escura da *átē*, ela o penetra, como um deus que se apossa do íntimo daquele cuja perda decidiu, sob a forma de uma *manía*, de uma *lýssa*, de um delírio que engendra os atos criminosos da *hýbris*. Presente nele, a loucura de Etéocles não deixa também de parecer uma realidade estranha a ele e exterior: identifica-se com a força nefasta de uma poluição que, nascida de faltas antigas, é transmitida de geração em geração, ao longo da linhagem dos Labdácidas.

A fúria destruidora que se apossa do chefe de Tebas não é senão o *míasma* jamais purificado, a Erínia da raça, agora instalado nele por efeito da *ará*, a imprecação proferida por Édipo contra seus filhos. *Manía*, *lýssa*, *átē*, *ará*, *míasma*, *Erinýs* — todos esses nomes recobrem afinal uma única realidade mítica, um *númen* sinistro que se manifesta sob múltiplas formas, em momentos diferentes, na alma do homem e fora dele; é uma força de desgraça que engloba, ao lado do criminoso, o próprio crime, seus antecedentes mais longínquos, as motivações psicológicas da falta, suas consequências, a poluição que ela traz, o castigo que ele prepara para o culpado e para toda a sua descendência. Em grego, um termo designa esse tipo de potência divina, pouco individualizada, que, sob uma variedade de formas, age de uma maneira que, no mais das vezes, é nefasta ao coração da vida humana: o *daímōn*. Eurípides é fiel ao espírito de Ésquilo quando, para qualificar o estado psicológico dos filhos de Édipo, destinados ao fratricídio pela maldição de seu pai, emprega o verbo *daimonân*: eles são, no sentido próprio, possuídos por um *daímōn*, um gênio mau."

> Jean-Pierre Vernant e Pierre Vidal-Naquet ("Tensões e ambiguidades na tragédia grega" (1969), em *Mito e tragédia na Grécia antiga*, São Paulo, Perspectiva, 2005, pp. 13-4, tradução de Anna Lia A. de Almeida Prado)

"Ésquilo escreveu no século V, em uma cidade-estado, para um público leitor formado por homens que haviam lutado contra os persas. Portanto, é natural supor que, quando ele fala de remorso e glória, utilizando termos ligados a louvor e a culpa, tão característicos da moral grega, os termos carreguem deliberadamente as conotações que haviam adquirido dentro da cidade-estado. Mas ele estava escrevendo sobre o mundo heroico. Nesse mundo, o herói prezava sua honra acima de tudo — sua honra e seu prestígio. E seu prestígio dependia de sua capacidade em manter sua posição e seus privilégios; dependia de que ele ressentisse o menosprezo, o contestasse e o retaliasse; dependia de que humilhasse e destruísse seus inimigos. Era essa a sua virtude, sua excelência, sua *areté*. Se ele falhasse, perderia seu prestígio; evitar o desprezo e a vergonha era o maior objetivo de sua existência. O único 'fracasso' permitido pelo código seria a honra de uma morte em batalha. No devido tempo, esse ideal heroico de *areté* foi modificado, mais por adição que por subtração. A coragem na batalha sempre fora essencial, mas, à medida que as cidades-estados se desenvolveram, o importante contexto da coragem tornou-se a defesa da comunidade, e não, como no mundo relativamente anárquico dos heróis, a defesa do prestígio individual, da propriedade, da família e dos amigos. No entanto, as antigas atitudes emocionais dificilmente desaparecem, se é que de fato desaparecem por completo. Se a justiça tornou-se uma virtude na cidade-estado, no final do século V ela ainda podia ser expressa na fórmula 'fazer o bem aos amigos e o mal aos inimigos', apesar de a aplicação desse princípio estar limitada por vários fatores e, particularmente, pelo fato de o processo legal estar sob a égide do Estado."

R. P. Winnington-Ingram (*Studies in Aeschylus*, Cambridge, Cambridge University Press, 1983, p. 38)

"*Sete contra Tebas* é uma das grandes 'peças de batalha' da literatura ocidental; contudo, de fato, nenhuma ação de combate, encenada ou aludida, interrompe o desfecho gradual e implacável de seu tema trágico e pessoal. Em cada uma de suas partes encontramos as tensões, tão essenciais à estrutura trágica, entre alegações, valores e interesses conflitantes; e, no entanto, isso ocorre sem que se recorra a um *agon* formal (tal como, inevitavelmente, vemos na versão de Eurípides sobre esse conflito), pois em momento algum aparece em cena um antagonista do personagem trágico central. As batalhas afetam o destino de exércitos, nações, cidades, e a batalha contra Tebas, aqui, não é uma exceção, mas o destino da cidade é decidido em um momento único da ação trágica da peça. Alguns críticos mencionaram uma oscilação entre a ênfase cívica e a pessoal (isto é, entre o foco no destino da cidade e aquele da família e do personagem trágico central), e mesmo essa observação, por correta que seja, tende a obscurecer a perspectiva de que destinos pessoais e cívicos entrelaçam-se inseparavelmente em seu andamento e conclusão.

A terceira peça de uma trilogia goza de certas vantagens estruturais. Nesse ponto, a situação já foi inteiramente apresentada, e o público leitor já sabe que, com relação às questões a serem solucionadas, algumas expectativas serão realizadas. Assim, ele já está ciente da ameaça armada que paira sobre Tebas, e da maldição fratricida que de alguma forma levará a briga dos irmãos pela herança à sua conclusão final. É dessa maneira que o dramaturgo pode imergir diretamente na ação de sua peça e explorar o conhecimento do leitor, injetando, com frequência por meio de um efeito irônico, pistas de um ou outro elemento da situação (seja ele uma antiga condenação ou um horror profetizado), que a qualquer momento poderá exercer um grande impacto."

D. J. Conacher (*Aeschylus: The Earlier Plays and Related Studies*, Toronto, University of Toronto Press, 1996, pp. 39-40)

"A linguagem de *Sete contra Tebas* leva em consideração notoriamente o ruído, e dois tipos em particular: o ruído da batalha e o do lamento, isto é, o do conflito e o do pranto. No início da peça, ouve-se o ruído do combate fora dos muros de Tebas, e o ruído do lamento (na forma do primeiro canto do coral, 108-202), de dentro deles. No momento em que a peça chega a seu desfecho, esses dois ruídos serão identificados com os dois irmãos rivais, Etéocles e Polinices; e não meramente porque um se manteve na parte de dentro e o outro na parte de fora dos muros, mas por causa de seus nomes e destinos, como se verá. Etéocles está mais do que apenas 'justificavelmente irritado' com os temores e lamentos do Coro: ele está enraivecido e perturbado por ele, e se exalta proferindo calúnias extremas sobre as mulheres em geral. O suposto motivo para tamanha ira é que o Coro, por sua fraqueza feminina, está minando a coragem dos homens e comprometendo o moral militar dentro da cidade. Isto tem certa plausibilidade, à qual, afinal, o Coro aquiesce. Mas a fúria de Etéocles parece ser tão desmedida que, num primeiro momento, podemos presumir que ele mesmo receie perder a calma. Já que, na ocasião, isso não vem a ser o caso, deve haver outra razão. E, de fato, no desenrolar dramático, passamos a ver que a peça não é meramente a culminância mas o terrível reencenar das tragédias de Laio e Édipo, de desobediência, parricídio e incesto. E a misoginia de Etéocles pode ser não apenas um sentimento inconsciente de sua herança, mas um temor de que ele esteja fadado a repeti-la. Ele está determinado a não passar por isso. E, contudo, isso ocorre.

Como no caso de seu pai, ele é convocado a proteger Tebas daquilo que parece ser um perigo externo. E, como no caso de seu pai, ele parece levar a tarefa a cabo com hombridade. A cidade de Tebas e seus pastos circundantes e vales são sempre referidos em termos maternais, em metáforas de uma mãe que nutriu, amou e educou seus filhos, e, portanto, não deve ser violada. O desejo violento pela posse exclusiva da mãe é uma tragédia que Édipo inconscientemente encenou, tornando-se cego para ver o que ele não podia ver com seus olhos. O desejo violento pela posse exclusiva da terra-mãe, a relutância em contentar-se com uma parte menor ou igual, leva os dois filhos de Édipo, que também são seus irmãos, a se matar, cada um deles acreditando cegamente que a justiça está ao seu lado. E cada um, ao matar o irmão, derrama o sangue de seu pai. Como no caso de Édipo, um problema é colocado e um enigma deve ser decifrado, para que a cidade possa ser salva. Para Etéocles, este é, de fato, não um enigma, mas sete. Estes são os emblemas nos escudos dos sete campeões que atacam a cidade."

Anthony Hecht e Helen H. Bacon ("Introduction", em Aeschylus, *Seven Against Thebes*, Nova York/Londres, Oxford University Press, 1973, pp. 8-9)

"A dicotomia entre ver e ouvir reflete os padrões tradicionais das relações entre masculino e feminino e a dicotomia convencional entre homens e mulheres que prevaleceu na Grécia Antiga. A separação entre os sexos era um valor importante (apesar de não absoluto). O conhecimento das mulheres geralmente confinava-se ao domínio do ouvir, enquanto os homens frequentemente eram testemunhas dos acontecimentos externos. Andrômaca, na *Ilíada*, é um exemplo disso: ela nada sabe sobre a morte de Heitor, pois está tecendo no interior de sua casa. Ao ouvir um lamento, ela quer olhar para fora e assim confirmar suas suspeitas. Em *Sete contra Tebas*, a situação também ilustra esta separação tradicional entre masculino e feminino. As moças tebanas se parecem com Andrômaca. Ao ouvir a algazarra de armas e bigas, elas se assustam e correm para fora em direção às estátuas dos deuses, para suplicarem por sua proteção. Etéocles, no entanto, alega que, por serem mulheres, elas devem ficar quietas no lado de dentro: a guerra é um assunto externo e uma preocupação dos homens (vv. 200-2 e 230-2). A exigência de Etéocles por uma separação estrita entre as responsabilidades e as destinações de homens e mulheres convém à tradicional separação entre eles."

Caroline Trieschnigg ("Turning Sound into Sight in the Chorus' Entrance Song of Aeschylus' *Seven Against Thebes*", em Vanessa Cazzato e André Lardinois (orgs.), *The Look of Lyric: Greek Song and the Visual*, Leiden/Boston, Brill, 2016, p. 229)

"É importante notarmos que *Sete contra Tebas* não trata sua história como se fosse uma grande questão universal, à diferença do que ocorre com outras tragédias de Ésquilo que chegaram até nossos dias. Se a peça tivesse se perdido, e nós apenas conhecêssemos seu enredo básico, deveríamos esperar que Ésquilo a tratasse genericamente como uma questão entre *Dikê* e *Eusebeia*, Justiça e Piedade. Poderíamos imaginar coros longos, no estilo do *Agamêmnon*, explicando como cada ofensa contra a Justiça deve inevitavelmente acarretar a sua própria punição, de modo que Etéocles deveria sofrer pela injustiça que infligiu a seu irmão e sua Cidade deveria sofrer com ele; e ainda admirando-se de que um homem, errado ou não, possa estar tão cego a ponto de cometer a derradeira impiedade de guerrear contra sua pátria-mãe. A rigor, quase não há uma palavra sobre essa questão, apesar de ela ter sido obviamente enfrentada em alguma das peças anteriores. Temos aqui apenas a descrição vívida e inesquecível da população da cidade sitiada, e um personagem de caráter nitidamente delineado, a do guerreiro fadado a levar sua missão até o fim. Curiosamente, Etéocles encaixa-se bem na famosa descrição aristotélica do herói trágico: o caráter nobre dotado de um defeito fatal. Em sua natureza mais ampla, ele é claramente um desses seres 'mais elevados do que nós', que são os sujeitos próprios da tragédia; mas há um único ponto, o ódio de seu irmão causado pela Maldição, sobre o qual ele não apresenta nem sabedoria, nem justiça, nem autocontrole. Das quatro virtudes cardinais, apenas a Coragem subsiste. Ele é, se não me engano, o primeiro personagem da literatura dramática cuja individualidade foi claramente elaborada."

Gilbert Murray ("Preface", em Aeschylus, *The Seven Against Thebes*, Londres, George Allen and Unwin, 1935, pp. 18-9)

As peças tebanas de Ésquilo[1]

Alan H. Sommerstein

A TETRALOGIA

Sete contra Tebas é a terceira peça da tetralogia que, conforme sabemos, começa com *Laio*; e de fato não há muito mais que saibamos diretamente acerca desta primeira peça.[2] A rigor estamos em posse de três informações. Um pequeno pedaço de papiro (*Oxyrhynchus Papyri* 2.256 fr. 1) parece contar que Laio era quem falava inicialmente. Além disso, sabemos que em algum ponto da peça havia uma menção ao abandono do infante Édipo, com o detalhe de que ele havia sido deixado num recipiente (fr. 122). E havia menção também, em outra passagem, a um assassino que provou e cuspiu o sangue de sua vítima (fr. 122a) — um ato com a intenção de prevenir a vingança das Erínias da vítima, que, como todos os atos similares em Ésquilo, terá sido inútil; é difícil não considerar que isso fora transmitido através do relato de uma testemunha ocular da morte de Laio, e, no entanto, estudiosos do mundo antigo concordam que provar o sangue estava associado ao assassinato premeditado, planejado, o que a morte de Laio não pode ter sido. Provavelmen-

---

[1] Excerto do capítulo 5, "The Theban Plays", de *Aeschylean Tragedy*, de Alan H. Sommerstein, Londres, Bristol Classical Press, 2013, pp. 84-93. Tradução de Nina Schipper.

[2] A tetralogia é formada pelas tragédias *Laio*, *Édipo* e *Sete contra Tebas* e pela comédia *A Esfinge*. (N. da T.)

te, então, tal como na versão de Sófocles, o relato inicial dessa testemunha era equívoco quanto à natureza do ataque. Há ainda uma quantidade de outros fragmentos que fontes antigas não atribuem explicitamente a essa peça, mas cujo conteúdo sugere que eles podem ter vindo daí. O mais importante e o mais plausível desses fragmentos é um com dois ou três versos (fr. 387a) descrevendo o cruzamento de estradas no qual ocorreu o crime — não próximo a Dáulia a caminho de Delfos, onde Sófocles o situa, mas em Pótnias, a aproximadamente um quilômetro e meio de Tebas, na direção de Plateia. Não há dúvida de que essa passagem faz parte do mesmo relato da testemunha ocular. De modo geral, ela tem sido, seguindo o modelo de Sófocles, atribuída a peça *Édipo*, mas em vista do fr. 122a, é mais provável que a morte de Laio tenha sido reportada na peça em que ele é o personagem principal. Se isso estiver correto, então ficamos praticamente sem nenhuma informação direta sobre a segunda peça: apenas a afirmação de que ela foi uma das cinco peças de Ésquilo que parecem conter alusões aos Mistérios de Elêusis (pode ser relevante o fato de que havia um templo a deusa Deméter e sua filha Core em Pótnias).

A melhor evidência que temos acerca do conteúdo das primeiras duas peças, *Laio* e *Édipo*, não vem destes escassos fragmentos, mas da própria *Sete contra Tebas*, especialmente da ode coral 720-91, que nos oferece claramente uma história básica, embora nem tudo possa ter sido *encenado* nas duas primeiras peças.

O primeiro evento mencionado (745-9) é o oráculo que profere "três vezes" a Laio em Delfos "que morra sem herdeiros e salve sua cidade": presume-se que as "três vezes" referem-se ao fato de que Laio, tendo recebido essa resposta desfavorável, perguntou mais duas vezes na esperança de que Apolo pudesse ceder, mas recebeu a mesma resposta a cada vez. Seu desafio ao oráculo é explicado em uma frase (750) que é textualmente incerta, mas que, em vista de duas passagens posteriores (802, 842), deve se referir a seu "intento imprudente" ou "imprudência" (*aboulia*; em 802, *dysboulia*). Na peça *As Fenícias*, de Eurípides (21-1), a concepção de Édipo é atribuída à embriaguez ou falta de autocontrole; Sófocles nada diz sobre o assunto, em absoluto. Na versão de Ésquilo, parece ter-se tratado de uma desobediência bastante deliberada — de fato, 842 parece falar sobre os "*planos* desobedientes" de Laio. Em seguida ficamos sabendo que Édipo — evidentemente depois de matar seu desconhecido pai (cf. 752) — foi a Tebas e libertou a cidade do "demônio arrebatador de homens", a Esfinge (776-7); após o que ele foi nomeado rei e casou-se com a viúva de Laio. Mais tarde ele acaba descobrindo a verdade sobre si mesmo e, "ensandecendo o coração, desfecha duplo revés" (781-2); Hutchinson (1985, pp. xxiv-xxv)[3] demonstrou que os reveses em questão são o cegamento de seus olhos (783-4) e a maldição contra seus filhos (785-90). Decorre daí que na representação de Ésquilo a maldição devia estar intimamente associada com a descoberta e o autocegamento. O coro de *Sete contra Tebas* de fato nos conta o motivo da maldição (785-6) — porém, mais uma vez, a frase crucial está corrompida e obscura; no entanto, fica razoavelmente claro que Édipo está sendo descrito como *epikotos trophas*, uma expressão mais facilmente interpretada como "irritado com seu sustento", e isso está em consonância com a afirmação de um escoliasta da peça de Sófocles *Édipo em Colono* (1.375), de que o tratamento de Ésquilo com relação à maldição de Édipo era "similar" à história no épico *Tebaida* (fr. 3 West), de acordo com o qual ele amaldiçoou seus filhos porque estes o desrespeitaram na distribuição de pedaços de carne sacrificial. Se Édipo estava sendo sustentado por seus filhos, isso implica que na segunda peça ele

---

[3] G. O. Hutchinson, "Introduction", em *Aeschylus: Septem Contra Thebas*, Oxford, Clarendon Press, 1985. (N. da T.)

fosse um homem velho — uma figura muito diferente daquela que nos é familiar, o vigoroso governante do *Édipo Rei*, de Sófocles; a rigor, ele se assemelharia mais, em alguns aspectos, ao Édipo de *Édipo em Colono* — que, como se sabe, é mostrado amaldiçoando seus filhos, e enfatiza o sustento (*trophé*) que ele recebeu de suas filhas e não deles (*Édipo em Colono*, 341, 352, 446, 1.265, 1.362-9). Assim, seria em sua idade avançada, retirado (como Peleu ou Laerte nos épicos de Homero) da ativa governança, e sustentado por seus filhos de um jeito que atiça seu amargo ressentimento, que o Édipo de Ésquilo conheceria a verdade sobre a morte de Laio e sobre seu próprio casamento. Ao saber disso, ele se cegou e amaldiçoou seus filhos, os quais ele já tinha motivo para odiar e que agora, como remanescentes vivos dos horrores de seu passado, eram insuportáveis para ele. Como vimos, a maldição dizia: "Que vocês disputem, e cheguem a uma reconciliação amarga, e dividam sua herança a ferro". Isto reflete a anterior, e mais amena, das duas versões da maldição de Édipo encontradas na *Tebaida* (aquela do fr. 2 West); a outra versão (fr. 3), sentenciando explicitamente os filhos a morrerem nas mãos um do outro, foi usada posteriormente por Sófocles (*Édipo em Colono*, 1.387-8), mas parece ter sido evitada por Ésquilo.

Uma questão para a qual não temos nenhuma pista é o destino da mãe-esposa de Édipo. Em uma tradição (familiar a Sófocles, e encontrada já na *Odisseia*, XI, 277-80), ela se enforca tão logo toma consciência da verdade; em outra, que aparece primeiramente no papiro de Lille de Estesícoro (*GL* 222A) e que foi usada por Eurípides em *As Fenícias*, ela sobrevive e mais tarde tenta reconciliar seus filhos beligerantes. *Sete contra Tebas* não oferece nenhum indício da última versão (pois a referência à mãe em 926-31 não prova que ela está viva), e é, portanto, altamente provável que Ésquilo tenha feito com que a morte da mãe se seguisse imediatamente à descoberta. Se assim foi, ela pode ter aparecido no palco em *Édipo*, apesar de não podermos de forma alguma assegurá-lo.

Com a maldição de Édipo, termina a ode coral em *Sete contra Tebas*, deixando uma significante lacuna; pois o próximo ponto da história de que podemos ter certeza mostra Polinices (e Tideu) em Argos, persuadindo Adrasto a liderar um exército contra Tebas. Sua afirmação de que Etéocles o forçou ao exílio é, como vimos, quase certamente verdadeira, e é provável que também o seja a sua reivindicação de que esse foi um ato injusto; mas não sabemos o que o teria causado, e não há nenhuma prova direta de que isso fez parte da ação de *Édipo*. Ésquilo não menciona nem nega a conhecida tradição de que tanto Polinices quanto Tideu se casaram com filhas de Adrasto, mas provavelmente ele o toma como certo; isso parece estar implícito na denúncia ao par (especialmente Tideu) feita por Anfiarau, em *Sete contra Tebas*, 571-86.

Outras passagens de *Sete contra Tebas* podem nos oferecer algumas pistas ou trechos adicionais. Ficamos sabendo, por exemplo, que a certa altura Etéocles teve um sonho — ou, melhor, sonhos — sobre a divisão da propriedade de seu pai (710-11). Nas tragédias, não é incomum um oráculo ou um sonho profético ser mencionado pela primeira vez quando ele se realiza ou está em vias de se realizar (cf. *Os Persas*, 739-41, 800 ss.); mas em tais casos somos costumeiramente informados sobre o que o oráculo disse ou o que o sonhador viu, de modo que possamos compreender de que forma a profecia está sendo concretizada e, quando é relevante, de que modo seu receptor a havia anteriormente mal interpretado. As palavras de Etéocles são aqui muito vagas para cumprirem tal função, e elas pressupõem, portanto (até mais do que a referência de Clitemnestra a seu sonho em *Coéforas*, 928), um relato anterior e mais completo sobre o assunto, que pode ter sido incluído apenas na segunda peça.

É deste material que dispomos para reconstruir as duas peças perdidas da trilogia. Em acréscimo, temos um dado negativo. A vitória de Édipo sobre a Esfinge não pode ter feito parte da ação de nenhuma das peças da trilogia, nem ter ocorrido durante estas, já que ela foi o assunto da peça satírica seguinte. Uma vez que Édipo costumeiramente confronta a Esfinge tão logo chega a Tebas, isso torna improvável que ele fosse personagem da primeira peça; ele pode ter aparecido apenas na segunda.

O principal acontecimento da primeira peça, conforme concluímos, é a morte de Laio. Isso acontece quando ele se encontra viajando; e ele está em Tebas no início da peça. Ésquilo deve ter-lhe dado um destino aonde chegar e um motivo para se pôr a caminho. A tradição dominante — aludida, ao que parece, pela palavra única *theôros*, "em missão sagrada", em Sófocles, *Édipo Rei*, 114, e explicitada por Eurípides em *As Fenícias*, 35-7 — é que ele estaria indo a Delfos para indagar se seu filho, que ele abandonara na infância, estava vivo ou morto. Isso não é fácil de se encaixar com um assassinato em Pótnias, que não é nada perto da estrada que liga Tebas a Delfos: na versão de Ésquilo, Laio viajava em direção ao sul. Poderia ele estar indo para Corinto, tendo ouvido um rumor (ou escutado de um oráculo) de que seu filho estava vivendo ali? Ou teria a Esfinge já chegado a Tebas, e Laio estaria viajando em busca de alguém que pudesse salvar Tebas, desvendando seu enigma? Teria ele, quem sabe, ouvido que Pólibo, o rei de Corinto, tivera um filho de intelecto extremamente aguçado? É provável, em qualquer caso, que de um jeito ou de outro a viagem de Laio estivesse conectada (soubesse ele mesmo ou não) com o filho que ele acreditava estar morto, e cujo abandono foi mencionado em algum ponto da peça. (Que motivo, aliás, pode Ésquilo ter atribuído ao abandono, dado que ele fizera da concepção da criança um ato de deliberada desobediência? Será que Laio se arrependeu desse desacato tarde demais? Ou teria ele recebido mais um oráculo reportando que seu filho o mataria?)

Assim podemos perceber vagamente duas cenas na primeira peça: uma perto do início, na qual Laio explica sua partida iminente de Tebas e a razão disso, e a outra perto do fim, na qual um de seus servos volta para contar — talvez com detalhes equívocos — a história de sua morte. A peça poderia terminar com o retorno de seu corpo a Tebas em meio à lamentação.

    É provável que a segunda peça, conforme demonstrou Hutchinson (1985, pp. xxiv-xxix),[4] contivesse três grandes acontecimentos, nesta ordem: a descoberta por Édipo da verdade sobre si mesmo e seu casamento; seu autocegamento; e a maldição que impingiu aos filhos. Conforme argumentamos anteriormente, Édipo é um homem idoso, afastado da governança ativa, mas que ainda acredita ser o filho de Pólibo de Corinto e é honrado pelos cidadãos como o salvador de Tebas diante da Esfinge (cf. *Sete contra Tebas*, 772-7). Em seu nome, os filhos estão cuidando de sua propriedade e de Tebas, mas, não tendo eles nascido quando a Esfinge foi vencida, mostraram menos respeito por Édipo do que os demais cidadãos, e lhe deram menos do que ele merecia por ser seu pai. Etéocles, pelo menos, mal pode esperar que Édipo morra, pois ele pretende então tomar o controle único da realeza e da herança. Ele tivera, no entanto, mais de uma vez, um sonho misterioso sobre a divisão dessa herança, aparentemente envolvendo um "estrangeiro da Cítia" que dividia os lotes entre os irmãos (cf. *Sete contra Tebas*, 710-11, 727-33, 941-6): para os espectadores cultos, isso remeteria, apesar de estranhamente diverso, ao curso dos acontecimentos no fragmento de Estesícoro (*GL* 222A), em que os irmãos dividem os lotes de acordo com a sugestão de sua mãe e de Tirésias, Éteocles recebendo o palácio e o reinado, Polinices partindo de Tebas com toda a propriedade móvel, como ouro e gado — e isso os confundiria com relação ao curso subsequente

---

[4] *Op. cit.* (N. da T.)

dos acontecimentos na trama. Apenas ao final da trilogia eles descobrirão que o "cita" do sonho era idêntico ao "ferro" da maldição de Édipo (*Sete contra Tebas*, 727-30, 941-3); pois o ferro foi trabalhado primeiro pelos Cálibes, cuja terra (situada de forma diversa por poetas e etnógrafos) aqui se presume localizar-se na Cítia.

De uma forma ou de outra (não podemos dizer como, mas podemos ter bastante certeza de que o desenvolvimento era muito diferente daquele que encontramos em *Édipo Rei*, de Sófocles),[5] revela-se que Édipo é tanto o assassino como o filho de Laio. Sua mãe-esposa (provavelmente) comete suicídio. Édipo se cega e, inflamando seu antigo ressentimento contra seus filhos, os amaldiçoa. Esses eventos, chegando a um tal clímax, são suficientes para preencher uma peça com a duração característica de Ésquilo; é improvável que a disputa dos irmãos, que de alguma forma Édipo previra, fosse parte da ação, embora a morte de Édipo possa ter sido.

Quanto aos eventos que intervêm entre a morte de Édipo e o início da ação de *Sete contra Tebas*, alguns são mencionados ou aludidos nesta mesma peça; alguns eram provavelmente tão familiares que podiam ser dados como certos;[6] e outros talvez tenham sido deliberadamente deixados de forma vaga, tais como a causa da disputa e do exílio de Polinices. Para o entendimento de *Sete contra Tebas* é suficiente no

---

[5] Com a exceção de que, como em Sófocles, o próprio Édipo foi largamente responsável por descobrir sua culpa: a *Antígone* (51) de Sófocles, que fora produzida antes de *Édipo Rei*, pressupõe isso, ao chamar os crimes de Édipo de "autodetectados" (*autophôra*).

[6] Ésquilo parece ter contado com um conhecimento razoavelmente amplo da lenda, pelo menos entre parte de seu público. Por exemplo, há provas independentes (*Tebaida*, fr. 9 West; Sófocles, *Antígone*, 1.303) de que, em alguns relatos da guerra, dois dos defensores de Tebas são assassinados além de Etéocles, especificamente Melanipo e Megareu — apenas os dois cuja morte é prevista como possibilidade na "cena dos escudos" de *Sete contra Tebas* (419-20, 477).

início saber apenas o essencial: que os irmãos de fato discutiram, que Polinices deixou Tebas e dirigiu-se a Argos, que ele persuadiu Adrasto a liderar uma expedição contra Tebas. Veremos que nosso real conhecimento acerca das duas primeiras peças é bastante escasso: mesmo quando conseguimos nos sentir razoavelmente confiantes com relação aos principais acontecimentos, temos pouca noção sobre como o dramaturgo lidou com eles. Podemos, no entanto, discernir os principais movimentos da ação até aí, na medida em que ela trata do tema do *oikos/polis*. A tensão contida neste tema foi instaurada inicialmente antes mesmo que começasse a ação da trilogia, pelo oráculo proferido a Laio, que fez da extinção da família uma condição necessária para a sobrevivência da cidade. Laio lutou com todas as forças contra o oráculo, e quando ele se viu incapaz de persuadir Apolo a mudá-lo, ele o desobedeceu, assim colocando Tebas em perigo. Tarde demais, ele mudou de ideia, e tomou o único caminho pelo qual pensava poder salvar a cidade sem fazer recair sobre si a mácula do assassinato: ele abandonou o infante Édipo, mas paradoxalmente a cidade foi salva da Esfinge pela criança mesma que Laio relegara à morte. Essa criança, no entanto, tendo se tornado o assassino de Laio, já estava por sua vez maculada, e, por seu incesto, logo o seria duplamente; e a descoberta desse incesto provocou a maldição de Édipo, que resultou na destruição final da família e no perigo mortal de que por pouco a cidade escapou — exceto que, em *Sete contra Tebas*, essas questões são apresentadas na ordem inversa.

    O paradoxo de Édipo e da Esfinge justifica uma reflexão adicional. Podemos considerar que Édipo era o único homem que poderia ter derrotado a Esfinge. O que teria então acontecido se ele nunca tivesse nascido? Se Laio tivesse obedecido ao oráculo, este teria sido o caso. À primeira vista, parece que Tebas teria então sido destruída. Mas nesse caso o oráculo teria sido desmentido. Devemos, portanto, inferir que, se Édipo não tivesse nascido, a Esfinge nunca teria ido a Tebas em primeiro lugar; que ela foi *enviada* para lá como parte da punição de Laio — e, de fato, um verso citado por Aristófanes (*As Rãs*, 1.287 = Ésquilo fr. 236) da peça-satírica *A Esfinge* parece falar da Esfinge sendo enviada.[7] E quem a enviou? A evidência em *Sete contra Tebas* sugere que na versão de Ésquilo a resposta é "Apolo", pois ele é mais de uma vez nomeado como o inimigo e carrasco divino de Laio (691, 745, 800-2). Se minha segunda sugestão, anteriormente mencionada, sobre o motivo da viagem de Laio está correta, Apolo, ao enviar a Esfinge, foi a causa não apenas do triunfo de Édipo (e, portanto, de seu incesto), mas também da morte de Laio. Assim, a transgressão de Laio foi punida rapidamente (*Sete contra Tebas*, 743, "punição agílima") — mas não totalmente, pois suas consequências permaneceram até a terceira geração (744-5, "perdura na terceira"), a ponto de colocar Tebas em perigo mortal uma segunda vez.

Uma notável pintura em vaso localizado em Würzburg (*LIMC* Oidipous 72), divulgada pela primeira vez por Simon em 1981,[8] ilustra quase certamente a peça-satírica *A Esfinge*. Cinco pessoas vestidas de forma elaborada, portando cetros, sentadas sobre poltronas diante da Esfinge, aparentemente ouvem-na com certo alarme. Elas deviam compor o coro da peça, e alguém ainda as confundiria com anciãos tebanos (como os anciãos persas sentados na peça de Frínico); mas seus rostos são de sátiros. Como os sátiros teriam se tornado anciãos tebanos? Simon formulou uma sugestão engenhosa. Creonte, o irmão da viúva de Laio, e o atual regente de Tebas depois da morte deste, realizou uma reunião do con-

---

[7] Isso, de qualquer modo, é o que diz um escoliasta sobre a passagem de *As Rãs*; é possível, no entanto, que ele ou sua fonte estejam apenas conjecturando, e que o verso realmente venha do *Édipo*.

[8] Erika Simon, *Das Satyrspiel Sphinx des Aischylos*, Heidelberg, Winter Verlag, 1981. (N. da T.)

selho de Estado para discutir a crise que se colocava diante de Tebas, causada pela presença ameaçadora da Esfinge. A notícia da morte do filho de Creonte, Hêmon, infligida pela Esfinge, leva os anciãos chocados (que seriam um grupo não falante, como os cidadãos no começo de *Sete contra Tebas*) a remover suas túnicas e seus cetros em símbolo de luto. Creonte oferece o trono de Tebas e a mão de sua irmã àquele que conseguir derrotar a Esfinge. Logo que ele e os anciãos deixam a cena, os sátiros aparecem, excitados pela perspectiva de riqueza, poder e (pelo menos para um deles) de conquistar uma esposa nobre e presumivelmente atraente. Encontrando os acessórios descartados pelos conselheiros, eles prontamente se vestem com seus trajes — e, assim, a Esfinge surge de repente (talvez do solo, como Dario em *Os Persas*). No momento flagrado pela pintura, a Esfinge pode estar muito bem propondo seu famoso enigma. Na peça, o grupo de sátiros, ou o "pai" deles, Sileno, pode ter feito algumas tentativas de decifrá-lo. Outra pintura em vaso (ver Trendall e Webster, 1971, p. 32)[9] mostra um único sátiro, igualmente idoso, igualmente segurando um cetro e mostrando um pássaro para a Esfinge. O enigma (já familiar na época de Ésquilo, pois ele é indiretamente aludido em *Agamêmnon*, 81) é reportado de várias formas, mas em todas elas a Esfinge pergunta qual é o animal que pode ter dois ou três ou quatro pés; e pode-se considerar que os pássaros chegam muito perto de apresentar os requisitos, já que têm dois pés e, no entanto, chegaram a ser classificados entre os tetrápodes por um grego do século V a.C. (Aristófanes, *Nuvens*, 659-61). Se essa foi uma tentativa fracassada de Sileno para solucionar o enigma, sua vida então estaria em perigo, e esta deve ter sido a deixa para a chegada de Édipo, que terá resolvido o enigma, destruído a Esfinge (que talvez tenha se afundado

---

[9] Arthur D. Trendall e Thomas B. L. Webster, *Illustrations of Greek Drama*, Londres, Phaidon, 1971. (N. da T.)

novamente na terra, desta vez para sempre), libertado Tebas e salvado Sileno e os sátiros do perigo;[10] num fragmento remanescente da peça (fr. 235), alguém (Sileno?) propõe que Édipo deveria ser recompensado com uma coroa — mas a formulação da frase implica que ele também, logo antes, propusera que alguém mais (ele mesmo?) deveria receber um outro prêmio (o reino e Jocasta?).

O FINAL DE *SETE CONTRA TEBAS*

Até o verso 1.004 de *Sete contra Tebas*, praticamente toda a ênfase do final da peça e, portanto, da trilogia, é colocada na extinção da casa de Laio, cujos últimos herdeiros caem mortos diante de nós, até a completa exclusão (como vimos) de quaisquer pensamentos sobre a recente preservação, ou o destino futuro,[11] da cidade de Tebas, cujos cidadãos masculinos vivos não aparecem em cena. Mas depois se segue, nos manuscritos, uma passagem na qual a casa de Laio prova existirem descendentes (embora do sexo feminino) ainda vivos, e que Tebas tem um governo funcionando (referido numa estranha frase como "o *probouloi* do povo"). A cena introduz a questão sobre Polinices ser ou não enterrado,

---

[10] Isso parecia requerer três atores (Édipo, a Esfinge e Sileno), mas há motivos para se acreditar que no período em que atuavam dois atores, Sileno, nas peças satíricas, possa ser considerado um membro semi-imparcial do coro.

[11] Considerou-se que duas passagens, 843-4 e 902-3, referiam-se a apreensões de que a cidade ainda pudesse ser destruída de acordo com o oráculo de Laio, e aos Epígonos como os agentes dessa destruição; mas é mais provável que 843 (*merimna d'amphi ptolin*) signifique "há luto pela cidade" (cf. 849, *diplain merimnain* referindo-se ao "duplo luto" pelos dois irmãos mortos) do que "há apreensão sobre o destino da cidade", e em 902-3 o texto provavelmente foi modificado (a paráfrase escoliástica foi escrita claramente para explicar um texto diferente).

e então a deixa no ar na medida em que os dois corpos são carregados separadamente, sem indicação de qual será o resultado da resistência de Antígone. Tais finais inconclusivos são bastante frequentes, como seria de esperar, nas peças de Ésquilo que vêm em primeiro ou segundo lugar em suas trilogias; e não é surpreendente que no início do século XIX, quando o conteúdo e a ordem da tetralogia tebana ainda eram desconhecidos, reconstruções conjecturais dessem como certo que *Sete contra Tebas* não podia ser a terceira peça (supunha-se geralmente que fosse a segunda); nem é surpreendente que, uma vez que um antigo informe sobre sua encenação (preservado no *Codice Mediceo* do século X, e desde então confirmado por um papiro) foi publicado em 1848, tenha-se começado a suspeitar que o final da tragédia fora adicionado, ou fundamentalmente remodelado, sob a influência da *Antígone* de Sófocles ou, quem sabe, também de *As Fenícias* de Eurípides. Hoje, é provável que a maioria dos especialistas concordem que o final de que dispomos não é obra de Ésquilo, apesar de a sua genuinidade ocasionalmente encontrar defensores. Não irei aqui reiterar todos os argumentos de cada lado, mas vou indicar o que me parecem ser as principais considerações.

A objeção básica à última cena é que Antígone e Ismene não têm lugar em uma peça sobre a completa destruição dos descendentes de Laio (691, 720, 813, 877, 881-2, 951-5); de fato, poder-se-ia dizer que 926-31 exclui a existência deles, já que o fado de uma mulher com duas filhas vivas dificilmente poderia ser descrito como "superando quantas se denominem procriadoras de prole", dado o número de mães, tanto nos mitos (veja-se Níobe) como na vida real, que são privadas da *totalidade* de sua prole. A inferência de que as duas filhas foram inseridas numa peça em que elas originalmente não apareciam é confirmada pelo modo extraordinário como elas são apresentadas. Seguem os versos anapésticos cantados pelo coro quando as irmãs entram em cena (861-74):

Mas eis que se avizinham,
para o dever amargo,
Antígone e Ismene.
Creio que emitirão um treno nada ambíguo
pelos dois irmãos
da profundeza amorosa do regaço.
A dor se impõe.
Mas, antes que se pronunciem,
é justo ecoar o hino estrídulo da Erínia,
cantar o odioso peã do Hades.
Oh!
Desirmanadíssimas de quantas
cingem as faixas nas vestes!
Choro, lamento! Inexiste ardil
que evite evadir da mente o pranto.

    Está claro que o autor desses versos imaginou Antígone e Ismene permanecendo em silêncio enquanto o coro entoava os versos 875-960, e depois elas cantando 961-1.004 em resposta. O que não está claro — se o autor foi de fato Ésquilo — é por que ele teria adotado um arranjo tão perverso. Não há nele nenhum efeito dramático: tanto a emoção quanto as convenções usuais do lamento grego na tragédia nos levariam a esperar que as irmãs *liderassem* o lamento, com o coro desempenhando um papel de acompanhamento — como de fato acontece em 961-1.004. Tudo fica claro, caso o autor dos anapestos não tenha sido Ésquilo, mas um interpolador tardio. O interpolador queria ter Antígone no palco durante a última cena, para lamentar seus irmãos e insistir em enterrar Polinices. Já que o lamento em 961-1.004 foi escrito para duas vozes principais, e não uma, ele teria de ter Ismene no palco, também. Mas ele não poderia dar às irmãs também os versos 875-960, pois assim o coro não teria o que cantar. Ele, portanto, ficou com duas opções não muito interessantes para escolher: interromper a cena do lamento ao trazer as irmãs depois de 960, ou tê-las desde o início mas mantê-las silenciosas por um longo tempo — e escolheu esta última. Ao fazê-lo, ele também separou o lamento do coro 875-960 dos versos 854-60, que são claramente destinados a precedê-los.

Desde que se admita que Antígone e Ismene são adições tardias à peça, o trecho 861-74 deve automaticamente ser condenado, assim como o trecho 1.005-78 — pois apesar de apenas a seção do meio desta cena (1.026-53) envolver diretamente Antígone, o início (1.005-25) existe apenas para armar o palco para seu repto, e a conclusão (1.054-78) pressupõe esse repto (o coro divide-se em dois grupos, acompanhando os corpos separadamente, ao contrário da assunção subjacente a toda a parte 800-1.004 de que os dois irmãos estão juntos na morte). Toda a cena é um absurdo em termos de dramaturgia: um mensageiro chega, proclamando solenemente um decreto do governo da cidade (cujos membros ele parece ter trazido consigo, incidentalmente, cf. 1.025, "estas autoridades cádmias"),[12] e depois inofensivamente vai embora, sem dar nenhum passo para verificar se o decreto foi cumprido (e sem especificar a punição pela sua violação — sem dúvida porque o público, familiar com os tratamentos

---

[12] Por que o autor inventa este anônimo e anacrônico corpo de *probouloi*, em vez de acompanhar Sófocles e atribuir o decreto a Creonte, sendo este o novo monarca? Ele quer terminar (como o texto original fizera) com os corpos de ambos os irmãos sendo levados para o enterro. Portanto, se o enterro de Polinices está proibido, Antígone deve não apenas desafiar a proibição, mas também fazê-lo abertamente. Seria inimaginável para Creonte tolerar tal insulto a sua honra pessoal e sua autoridade. Em Eurípides, ele impede com sucesso (pelo menos por algum tempo) que Antígone aja (*As Fenícias*, 1.627-72); em Sófocles ela não anuncia suas intenções de antemão (a não ser para a irmã). Aqui, portanto, Creonte é substituído por um grupo de magistrados, e o efeito pessoal da oposição de Antígone é assim atenuado e enfraquecido; até mesmo esse grupo, ademais, é mantido em silêncio, deixando Antígone opor e vencer (com palavras) não os governantes da pólis, mas seu modesto porta-voz.

dados por Sófocles e Eurípides, assumiria que a penalidade era a morte). Não há motivos para duvidar da autenticidade da ode coral 875-960; isto é praticamente assegurado pelas contorções a que, como vimos, o interpolador se viu obrigado a fazer para acomodar a entrada das irmãs antes que essa ode se iniciasse. O canto fúnebre antifônico em versos curtos, únicos (961-1.004), de tempos em tempos tem caído sob suspeição, mas sua única característica contestável está nos versos 996-7:

> SEMICORO A
> Oh! A dor!
>
> SEMICORO B
> Oh! Revés!
>
> SEMICORO A
> Para a morada.
>
> SEMICORO B
> À terra, idem.
>
> SEMICORO A
> Mas sobretudo para mim. 996
>
> SEMICORO B
> E para mim ainda mais. 997

Esses dois versos — que constituem a única expressão lírica de dor *individual* pelos dois irmãos em toda a peça — devem ter sido escritos para serem cantados pelas irmãs.[13]

---

[13] Algumas edições mais recentes não incluem estes dois versos, como a edição da Loeb, de 2008, e este volume. (N. da T.)

Por isso, os defensores da autenticidade do final argumentam que os versos, incorporados como estão no que muitos consideram como um contexto genuíno, mostram que as irmãs pertencem à peça original; enquanto alguns supressores argumentam que eles são, ao contrário, evidência de que 961-1.004 é parte da interpolação. Nenhuma das inferências é inteiramente convincente. Os dois versos podem ter sido inseridos em uma passagem genuína precisamente para que esta passagem se tornasse plausível na boca das irmãs: teria sido obviamente absurdo que as irmãs cantassem sobre os corpos de seus irmãos uma lacrimejante antífona que não faz nenhuma referência à sua dor pessoal. Ademais, os versos estão isolados metricamente em seu contexto (eles são os únicos dócmios na seção final do lamento 989-1.004, que de outra forma seria jâmbica) — e 997 é linguisticamente suspeito. É provável que o canto fúnebre tenha sido escrito originalmente para os líderes das duas divisões do coro, com todo o coro cantando os refrões 975-7 e 986-8. É provável ainda que, quando o novo final foi incluído, alguns versos tenham sido suprimidos do fim original. Quando na peça original o coro saía, seus membros deviam levar consigo os corpos dos dois irmãos para enterrá-los; eles devem ter chegado, portanto, a uma decisão quanto ao local onde o enterro seria realizado, e em 1.004 eles ainda estão deliberando sobre essa questão.

A peça original, então, terminava da seguinte maneira: as reflexões do coro sobre as notícias da morte dos irmãos (822-47); a chegada dos dois corpos (848-60); o lamento do coro (875-960); o lamento fúnebre antifônico para duas vozes solo e coro (961-1.004, com exceção de 996-7, e mais alguns versos hoje perdidos); *exeunt omnes*. A estrutura e a sequência dos lamentos são fortemente reminiscentes daqueles que concluem *Os Persas*, e este pode muito bem ter sido um padrão frequente nas primeiras tragédias. Não causa surpresa, no entanto, que isso tenha sido considerado tão atrativo para o público posterior, sobretudo se *Sete contra Tebas* fosse produzida de forma independente, sem as duas peças anteriores; e algum produtor subsequente tenha comissionado um poeta de talento irregular[14] para escrever alguns anapestos para dar conta da entrada em cena de Antígone e Ismene, alguns versos líricos para inserir no canto fúnebre, uma confrontação entre Antígone e um arauto, e uma saída desmembrada para o coro, com o objetivo de incrementar interesse à conclusão da peça com reminiscências de uma das mais famosas tragédias já escritas, a *Antígone* de Sófocles.[15]

---

[14] A menos que o produtor e o poeta fossem uma só pessoa: o próprio filho de Ésquilo, Eufórion. Martin L. West ("*Iliad* and *Aethiopis* on the Stage: Aeschylus and Son", *Classical Quarterly*, vol. 50, n° 2, 2000, pp. 351-52) aponta paralelos significativos entre *Prometeu Prisioneiro*, que provavelmente é obra de Eufórion, e as adições a *Sete contra Tebas*.

[15] Um motivo a mais para o novo final pode ter sido o de prover emprego a um terceiro ator. Normalmente, em reprises das peças de Ésquilo que originalmente empregavam apenas dois atores, era possível satisfazer uma trupe de três ao dar a cada um pelo menos um papel com falas. *Sete contra Tebas* é única entre as peças gregas remanescentes por ter apenas dois papéis com falas, e o terceiro ator da trupe pode não ter ficado muito satisfeito em esperar do lado de fora durante a peça inteira; o final acrescentado lhe dá um papel (e, de fato, a oportunidade de interpretar a própria Antígone!).

Sobre o tradutor

Trajano Vieira é doutor em Literatura Grega pela Universidade de São Paulo (1993), bolsista da Fundação Guggenheim (2001), com estágio pós-doutoral na Universidade de Chicago (2006) e na École des Hautes Études en Sciences Sociales de Paris (2009-2010), e desde 1989 professor de Língua e Literatura Grega no Instituto de Estudos da Linguagem da Universidade Estadual de Campinas (IEL/Unicamp), onde obteve o título de livre-docente em 2008. Tem orientado trabalhos em diversas áreas dos estudos clássicos, voltados sobretudo para a tradução de textos fundamentais da cultura helênica.

Além de ter colaborado, como organizador, na tradução realizada por Haroldo de Campos da *Ilíada* de Homero (2002), tem se dedicado a verter poeticamente tragédias do repertório grego, como *Prometeu prisioneiro* de Ésquilo e *Ájax* de Sófocles (reunidas, com a *Antígone* de Sófocles traduzida por Guilherme de Almeida, no volume *Três tragédias gregas*, 1997); *As Bacantes* (2003), *Medeia* (2010), *Héracles* (2014), *Hipólito* (2015), *Helena* (2019) e *As Troianas* (2021), de Eurípides; *Édipo Rei* (2001), *Édipo em Colono* (2005), *Filoctetes* (2009), *Antígone* (2009) e *As Traquínias* (2014), de Sófocles; *Agamêmnon* (2007), *Os Persas* (2013) e *Sete contra Tebas* (2018), de Ésquilo, além da *Electra* de Sófocles e a de Eurípides reunidas em um único volume (2009). É também o tradutor de *Xenofanias: releitura de Xenófanes* (2006), *Konstantinos Kaváfis: 60 poemas* (2007), das comédias *Lisístrata*, *Tesmoforiantes* (2011) e *As Rãs* (2014) de Aristófanes, da *Ilíada* (2020) e *Odisseia* (2011) de Homero, da coletânea *Lírica grega, hoje* (2017) e do poema *Alexandra*, de Lícofron (2017). Suas versões do *Agamêmnon* e da *Odisseia* receberam o Prêmio Jabuti de Tradução.

Traduções de Trajano Vieira
publicadas pela Editora 34

SÓFOCLES, *Filoctetes*, 2009. Edição bilíngue. Inclui o ensaio "Filoctetes: a ferida e o arco", de Edmund Wilson.

EURÍPIDES, *Medeia*, 2010. Edição bilíngue. Inclui o comentário "Eurípides e a tragédia grega", de Otto Maria Carpeaux.

HOMERO, *Odisseia*, 2011. Edição bilíngue. Inclui o ensaio "As odisseias na *Odisseia*", de Italo Calvino.

SÓFOCLES, *As Traquínias*, 2014. Edição bilíngue. Inclui "Introdução às *Traquínias*", de Patricia E. Easterling.

EURÍPIDES, *Héracles*, 2014. Edição bilíngue. Inclui "Introdução ao *Héracles*", de William Arrowsmith.

EURÍPIDES, *Hipólito*, 2015. Edição bilíngue. Inclui o ensaio "O *Hipólito* de Eurípides", de Bernard Knox.

LÍCOFRON, *Alexandra*, 2017. Edição bilíngue.

ÉSQUILO, *Sete contra Tebas*, 2018. Edição bilíngue. Inclui o ensaio "As peças tebanas de Ésquilo", de Alan H. Sommerstein.

HOMERO, *Ilíada*, 2020. Edição bilíngue. Inclui o ensaio "A *Ilíada* ou o poema da força", de Simone Weil.

EURÍPIDES, *As Troianas*, 2021. Edição bilíngue. Inclui os textos "Sobre *As Troianas*", de Jean-Paul Sartre, e "Eurípides, *As Troianas*", de Chris Carey.

EURÍPIDES, *Ájax*, 2022. Edição bilíngue. Inclui o ensaio "O *Ájax* de Sófocles", de Bernard Knox.

Este livro foi composto em Sabon e Cardo pela Bracher & Malta, com CTP da New Print e impressão da Graphium em papel Pólen Natural 80 g/m² da Cia. Suzano de Papel e Celulose para a Editora 34, em junho de 2023.